Alexandre Bisson, Maurice Hennequin

Der Bernhardiner: Lustspiel in 3 Aufzügen

Alexandre Bisson, Maurice Hennequin

Der Bernhardiner: Lustspiel in 3 Aufzügen

ISBN/EAN: 9783743308121

Hergestellt in Europa, USA, Kanada, Australien, Japan

Cover: Foto ©Andreas Hilbeck / pixelio.de

Manufactured and distributed by brebook publishing software (www.brebook.com)

Alexandre Bisson, Maurice Hennequin

Der Bernhardiner: Lustspiel in 3 Aufzügen

Als Manuscript vervielfältigt.

Uebersetzungsrecht für alle anderen Sprachen vorbehalten.

Für sämmtliche Bühnen im ausschließlichen Debit der

Verlags-Firma A. Entsch in Berlin.

Von dort aus allein ist das Recht der Aufführung zu erwerben.

Paul Hirschberger & Robert Pohl.

Der Bernhardiner.

~~Lustspiel~~ Schwank in 3 Aufzügen

von

Paul Hirschberger & Robert Pohl

nach

„Terre-Neuve"

von

Bisson & Hennequin.

Alle Rechte vorbehalten.
Ent. at Stat. Hall, London.
Berlin 1898.

Für Oesterreich-Ungarn beliebe man sich an meinen Rechtsvertreter Herrn **Dr. O. F. Eirich,** Hof- und Gerichts-Advokat, Wien VII Neustiftgasse 5, zu wenden.

Dieses Manuscript darf von dem Empfänger weder verkauft, noch verliehen, noch sonst irgendwie weitergegeben werden, widrigenfalls die gerichtliche Verfolgung wegen Mißbrauchs und resp. Schadloshaltung der Autoren beantragt wird.

Berlin W., Jägerstraße 20.

A. Entsch
(Inhaber: Theodor Entsch)
bevollmächtigter Vertreter der Autoren.

Personen:

Bruniquel, Abgeordneter.
Corbinet, Sekretär.
Labermol, Polizei-Sergeant.
Toutain, der Pathe Cäciliens.
Angelina, Balletdame.
Clemence, ihre Schwester.
Margarethe, Bruniquel's Frau.
Cäcilie, ihre Tochter.
Charlotte, Stubenmädchen bei Bruniquel.
Mariette, Kammerzofe bei Angelina.

Ort: Paris.   Zeit: Gegenwart.

Erster Akt.

(Bei Bruniquel. Arbeitskabinet im strengen Stil: Bibliothek, Schreibtisch, Canapé ꝛc. Ein großes Portrait Bruniquels, ihn im schwarzen Frack und weißer Cravatte als Redner auf der Tribüne darstellend, an der Wand. Thüre im Hintergrund in der rechten, abgestumpften Zimmerecke, in der linken ein Fenster. Thüren rechts und links vorn. Kamin mit Spiegel. Ein Telephon an der Wand oder auf dem Schreibtisch).

Erste Scene.

Charlotte, Margarethe, dann Cäcilie.

(Wenn der Vorhang sich hebt, ist die Bühne leer: man hört hinter der Scene eine Militärmusik, die sich immer weiter zu entfernen scheint und schließlich verhallt. Charlotte, von r. Hrgd. kommend, läuft ans Fenster und wirft Kußhändchen hinaus. Margarethe tritt von rechts ein und sieht entrüstet eine Weile zu).

Charlotte. Cavallerie bleibt Cavallerie! — Es geht doch nichts über Husaren. Und wie schön sie alle sind! Sie sehen herauf! Da! Da! Und noch! (wirft Kußhände).

Margarethe. Das ist ja eine schöne Beschäftigung!

Charlotte. (erschrocken). Oh weh! —

Margarethe. Was machst Du da, Charlotte?

Charlotte. (stotternd). Es sind die 11er Husaren! Madame.

Margarethe (streng). Ich habe Dich nicht nach der Regimentsnummer gefragt! (bei Seite) Ist es Schamlosigkeit oder Patriotismus? (laut) Bist Du Patriotin, Charlotte?

Charlotte. Wie? — Was? Madame?

Margarethe (bei Seite). Sie versteht mich nicht? Also ist's Schamlosigkeit! (laut) Tritt näher, entartetes Kind

__Als Manuscript gedruckt.__

der Provinz und blick auf dieses Bild! Erröthe und schlage die Augen nieder — nicht so tief, sonst kannst Du es ja nicht sehen! — Wen stellt das Bild dar?

Charlotte. Den gnädigen Herrn — in Oel.

Margarethe. Und unter den Augen meines Mannes, des Herrn Bruniquel, dieses sittenstrengen Bürgers und unbestechlichen Abgeordneten, gemalt, wie er eben eine donnernde Rede — (sich unterbrechend, mit dem Finger an dem Rahmen) Du hast wohl heute noch nicht abgestaubt?

Charlotte. Ich wollte soeben —

Margarethe. Soeben? Um halb elf? Her mit dem Staubwedel! (sie staubt das Bild ab — weiter sprechend) Und unter den Augen dieses Mannes, auf dem fingerdicker Staub liegt und der heute oder morgen schon berufen sein kann, die Geschicke unseres Vaterlandes zu leiten — in seinem Arbeitskabinette, in der Werkstätte seiner Gedanken, die ich selbst nur mit frommem Schauder betrete, an dieser Stätte versendest Du Küsse an eine Reiterhorde . . . .

Charlotte. (schüchtern). An was?

Margarethe. Du kannst in 14 Tagen gehen!

Charlotte. (erschrocken). Wie? Madame jagen mich fort?

Margarethe. Du bist nicht würdig einem solchen Herrn zu dienen!

Charlotte. Ach Gott, die Ungerechtigkeit! Aber das kann ja nicht sein! (Wendet sich an das Bild) Ich will's nie wieder thun, gnädiger Herr, nie wieder. (weinend) Ich schwör es Ihnen bei Madames ehrwürdigem Haupte.

Margarethe (strenge). Ich will nichts hören! Geh! So weine doch leise, damit Du den Herrn nicht weckst. (bei Seite) Der arme Mensch ist heute Nacht wieder so spät heimgekommen, abgespannt, müde . . .

Cäcilie (von rechts vorn). Guten Morgen, Mama! (küssen einander).

Margarethe. Guten Morgen, Kind!

Charlotte (heult). Hihihihi!!

Margarethe. Wie kann man nur so heulen! — Marsch —

Cäcilie. Was ist denn los?

Charlotte. (schluchzend). Die elfer Husaren —

Margarethe. Genug! Hinaus!

Charlotte. Wie ungerecht — wie ungerecht! (schluchzend ab Htgd.)

Cäcilie. Warum weint sie denn?

Margarethe. Ich habe sie entlassen. Ich erwischte sie soeben, wie sie einem ganzen Armeecorps Kußhände zuwarf —

Cäcilie (lebhaft). Das würde ich ihr nicht übel nehmen.

Margarethe. Wie?

Cäcilie. Ist sie nicht schön, unsere Armee? Ist sie nicht unser Stolz? Unsere Hoffnung? Unsere Zukunft?

Margarethe. (enthusiasmirt). Unser Alles!

Cäcilie. Und Du schickst Charlotte fort, weil —

Margarethe. Ah — das ist wieder 'was anderes. Bei uns, meine Liebe, ist es Patriotismus, bei ihr aber —

Zweite Scene.

Margarethe, Cäcilie, Corbinet.

Corbinet (vom rechten Hintergrund eintretend). Verzeihung, meine Damen —

Cäcilie (bei Seite). Herr Octave! . . . .

Margarethe. Guten Morgen, Corbinet!

Corbinet (verneigt sich). Meine Gnädige! Mein Fräulein! Herr Bruniquel . . . ?

Margarethe. (geht durch die Mitte ab). Ich will sehen, ob er schon aufgestanden ist.

Dritte Scene.

Corbinet, Cäcilie.

Corbinet. Fräulein Cäcilie!

Cäcilie. Herr Octave!

Corbinet. Ich muß mit Ihnen sprechen.

Cäcilie. Bitte —

Corbinet. Es saß vor ungefähr drei Monaten ein junger Mann im Ambigutheater gerade unter einer Loge, in welcher sich zwei Damen befanden. Die eine etwas reif, quasi bejahrt, die andere, ja die andere strahlend im Glanz ihrer Schönheit und Jugend.

__Als Manuscript gedruckt.__

Cäcilie (bescheiden). Oh, Herr Octave!

Corbinet. Von dem Inhalte des Stückes ergriffen und um den Bühnenvorgängen besser folgen zu können, beugten sich die beiden Damen über die Logenbrüstung. Bei einer höchst dramatischen Stelle fühlte der junge Mann plötzlich auf seiner Stirne Tropfen.

Cäcilie. Auf der Stirne? Ihm war wohl heiß.

Corbinet. Nein. Man vergoß oben Thränen. Und diese Zähren, den herrlichen Augen des entzückenden Mädchens entflossen, rieselten bis zu den Lippen des jungen Mannes, welcher diesen Himmelsthau selig schlürfte.

Cäcilie. (herzlich lachend). Ah -- hahaha! Ich habe ja gar nicht geweint!

Corbinet. Nicht?

Cäcilie. Aber Mama!

Corbinet. Madame Bruniquel?

Cäcilie. Jawohl — sie tropfte!

Corbinet (wiederholt spuckend).

Cäcilie. Und sie tranken den Himmelsthau —

Corbinet. Oh! Oh! Oh! (bei Seite) Pfui Teufel!

Cäcilie. Mutterthränen sind heilig!

Corbinet. Aber salzig! Ich sagte mir auch damals: Wie kann nur ein junges Mädchen von 18 Jahren schon so — pikant weinen.

Cäcilie. Mama wird gewiß geschmeichelt sein, wenn sie erfährt —

Corbinet. Um Gotteswillen — ich bitte Sie — an demselben Abend erfuhr ich noch, daß Sie Fräulein Bruniquel, die Tochter des Abgeordneten seien, und eine Stunde später, — vor dem Einschlafen, da murmelte ich, wie nur einst Romeo gemurmelt haben könnte: „Wird jene junge Maid nicht mein — so wird das Grab mein Brautbett sein." Zwei Tage später war ich im Abgeordnetenhause, als gerade Ihr Papa eine fulminante Rede über die Wehrpflicht hielt. „Blutsteuer!" donnerte er. „Bravo Robespierre!" schrie ich in den Saal. Großartiger Effekt! Ich wurde sofort an die Luft gesetzt! Aber am anderen Tage engagirte mich Herr Bruniquel, entzückt über die Wirkung seiner Rede auf ein Jünglingsgemüth, als Privat-Sekretär!

Cäcilie. Sehr schlau! Alle Achtung.

Corbinet. Die Liebe gab mir den Plan ein. Ich konnte Sie nun Tag für Tag sehen und bewundern. Dieses Glück ist nun zu Ende —

Cäcilie. Wieso? Weshalb?

Corbinet. Mein Fräulein! Ich gehe geradewegs und erhobenen Hauptes durch's Leben! Ich kenne keine Winkelzüge, keine Hinterthüren und drücke keine unreinen Hände.

Cäcilie. Ja, ja — ich weiß — Sie sind ehrlich, stolz und einer zweifelhaften Handlung unfähig. Gerade das gefällt mir an Ihnen.

Corbinet. In wenig Augenblicken werde ich eine entscheidende Unterredung mit Ihrem Herrn Vater haben — und ich fürchte sehr, daß sie mit meiner Entlassung enden wird.

Cäcilie. Nicht möglich!

Corbinet. Und deshalb, Fräulein Cäcilie, wollte ich Sie fragen, ob Sie bereit sind, mich auch ferner zu lieben, selbst wenn ich Sie nicht jeden Tag sehen und sprechen kann. —

Cäcilie. Ich glaube — ich wäre es im Stande!

Corbinet. Ganz sicher sind Sie also Ihrer Sache nicht?

Cäcilie. Oh doch! Aber ein wohlerzogenes junges Mädchen darf ohne Einwilligung der Eltern keine bindende Verpflichtung eingehen.

Corbinet. Und wollen Sie mich ohne bestimmte Zusage gehen lassen?

Cäcilie. Nein. Ich verspreche Ihnen, Octave, nie einem anderen Manne anzugehören.

Corbinet. Das ist immerhin etwas! Tausend Dank, Cäcilie! Darf ich? — Ein Küßchen?

Cäcilie. Herr Octave!!

Corbinet. Gut. Dann nicht. — Auf Wiedersehen!

(ab rechts Stadt.)

Cäcilie. Wie nett und lieb er ist! Aber küssen hätte er mich doch können. Und ein Charakter! Das ist heutzutage selten. —

Als Manuscript gedruckt.

Vierte Scene.

Cäcilie, Margarethe, Toutain, Charlotte.

Charlotte. (noch immer weinend, meldet an) Herr Tou—tou—tou—tou—

Toutain. (eintretend). Ich heiße doch nicht Toutou-toutou?

(Margarethe von rechts vorn hereinkommend).

Cäcilie. Ah, mein Pathe!

Toutain. Guten Tag, liebes Kind! (küßt sie.) (zu Margarethe) Theure Freundin, Sie gestatten? (umarmt Margarethe).

Margarethe. Wie geht es Ihnen? Doch was frage ich? Sie sehen brillant aus! Nicht wahr — brillant —

Toutain. (reicht Charlotte seinen Hut und Ueberzieher). Hier.

(Charlotte schluchzend).

Toutain. Warum weint das Mädchen?

Margarethe. Sie hat etwas verloren —

Toutain. Was denn? — Ein Portemonnaie? (Charl. ab).

Margarethe. Nein. Das Schamgefühl.

Toutain. (leichthin). Also nichts von Bedeutung?

Margarethe. Wie?

Toutain. Ich wollte sagen, das kommt schon wieder!

Margarethe. Oder auch nicht. Ich bin nicht anspruchsvoll. Ich verlange von meinen Dienstboten Fleiß, Reinlichkeit, Geschicklichkeit, Sauberkeit, Respekt, Genügsamkeit, Aufopferung und Dankbarkeit.

Toutain. Weiter nichts? Dann sind Sie wirklich nicht anspruchsvoll.

Margarethe. Worauf ich aber am meisten sehe, das ist auf ein sittliches Betragen. Das Haus eines Cäsars muß über jeden Verdacht erhaben sein — sein Stubenmädchen ebenfalls. — Wie lange wollen Sie in Paris bleiben?

Toutain. So ungefähr acht Tage wie alle viertel Jahre.

Cäcilie. Geschäfte?

Toutain. Natürlich Kind. — Geschäfte, nur Geschäfte —

Margarethe. Was machen die Seidenwürmer?

Toutain. Mit denen bin ich nicht recht zufrieden! Seit 14 Tagen liegen sie jeden Nachmittag faul auf dem

Rücken, den Bauch in die Höhe und stecken die Köpfe zusammen. Das beunruhigt mich.

Cäcilie. Sie wollen vielleicht streiten.

Toutain. Hoffentlich nicht!

Margarethe. Cäcilie, sieh bitte nach, ob das Fremdenzimmer in Ordnung ist.

Cäcilie. Sogleich, Mama. (ab links vorn).

Fünfte Scene.

Toutain, Margarethe.

Toutain. Wissen Sie, daß mein Pathchen immer schöner und schöner wird? Wahrhaftig! Wenn ich mir vorstelle, daß ich der Vater dieser Schönheit hätte sein können, wenn Sie gewollt hätten!?

Margarethe. (streng). Toutain!

Toutain. Ach was, Toutain hin, Toutain her! Wollte ich Sie nicht heirathen? Aber Sie zogen Bruniquel vor!

Margarethe. Seiner Tugend wegen.

Toutain. (ironisch). Was wahr ist, ist wahr! Er war stets ein Tugendbold erster Klasse.

Margarethe. Und ist es immer noch!

Toutain. (ironisch). Immer noch? Das ist großartig!

Margarethe. Und Sie waren alle Zeit ein Durchgänger.

Toutain. Ich?

Margarethe. Gewiß! Ich bin sicher, daß Ihre vierteljährlichen Reisen hierher nach Paris —

Toutain. Ich lasse meine Wäsche in Paris waschen.

Margarethe. Was Sie sagen! In Espalun giebt's wohl keine Wäscherinnen?

Toutain. Oh doch — aber die waschen miserabel.

Margarethe. Mein Mann läßt nur zu Hause waschen.

Toutain. Ein Beweis Ihrer Tüchtigkeit!

Margarethe. Uebrigens braucht man ihn nur anzusehen, um zu wissen, was das für ein Mann ist! Betrachten Sie sein Bild! Diese offene Stirn —

Toutain. (sieht gar nicht hin). Jawohl!

Als Manuscript gedruckt.

Margarethe. Dieser freie sanfte Blick!

Toutain. (wie oben). Jawohl!

Margarethe. Diese ehrlichen klugen Augen!

Toutain. (wie oben). Jawohl!

Margarethe. Aus diesem Rahmen, Toutain, sehen 21 Jahre ehelicher Treue auf Sie herab! Verstehen Sie? Ein und zwanzig Jahre!

Toutain. Aber wo steckt dieser Ausbund ehelicher Treue?

Margarethe. Er schläft noch.

Toutain. Um $3/4$ 11 Uhr? Er ist doch nicht krank?

Margarethe. Gott sei Dank, nein! Aber er ist heute Nacht um drei Uhr nach Haus gekommen.

Toutain. Vom Balle?

Margarethe. Vom Balle! Wo denken Sie hin! Sie wissen doch, daß wir uns seit zwei Tagen in einer Ministerkrisis befinden?

Toutain. Nein — ich weiß es nicht — aber es überrascht mich auch nicht! Wir befinden uns ja immer in einer solchen! Nun — und?

Margarethe. Es handelt sich um ein Portefeuille für meinen Nicolaus!

Toutain. Nicht möglich! Ist er an der Reihe? — Und um welches Portefeuille?

Margarethe. Das ist ihm gleich!

Toutain. Welches es auch sei?

Margarethe. Ja — wenn er nur seinem Vaterlande dienen kann! Nicht der Ehrgeiz treibt ihn —

Toutain. Nur die Pflicht?

Margarethe. Selbstverständlich! Noch gestern Abend sagte er: Wie schrecklich, daß ich fort muß, theure Margarethe! Anstatt beim Feuer mit Dir gemüthlich zu plaudern! Aber die mich ruft, und der ich folge heißt: die Pflicht! die Pflicht!

Toutain. (bei Seite). Die ihn ruft, und der er folgt! — heißt wahrscheinlich anders —

Sechste Scene.

Toutain, Margarethe, Cäcilie, Bruniquel.

Cäcilie. (von links vorn). So das Zimmer ist bereit und Ihr Koffer schon drin.

Toutain. Danke, mein Kind.

Bruniquel. (von rechts vorn im Morgenrock). Margarethe!

Margarethe. Nicolaus!

Bruniquel. Cäcilie!

Cäcilie. Papa! (er umarmt sie und hält eine im rechten, eine im linken Arm).

Bruniquel. (gerührt, ohne Toutain zu sehen). Links meine Frau! rechts meine Tochter! — das nenne ich Familienglück! Wie wohl fühlt man sich im Kreise der Seinen! Kann es eine größere Freude geben, als sich Eins zu wissen mit denen, die man liebt?

Margarethe. Lieber Mann —

Cäcilie. Liebster Papa —

Toutain. (vortretend). Bester Freund!

Bruniquel. Ah! Toutain! Du hier? Wie geht's, wie geht's? (händeschüttelnd) Verzeih', ich hatte Dich nicht bemerkt.

Toutain. Ich bewunderte schweigend.

Bruniquel: Was denn?

Toutain: Die Familiengruppe! Eheliche, und väterliche Liebe in holdem Verein!

Bruniquel: (verlegen ablenkend) Bist Du schon lange hier?

Toutain: Eine kleine Viertelstunde.

Bruniquel: Was machen die Seidenwürmer?

Toutain: Mit denen bin ich nicht recht zufrieden — sie —

Bruniquel: Ach was — Du klagst immer. (zu Margarethe) Ich möchte irgend eine Kleinigkeit genießen, mein Schatz. —

Margarethe: Du siehst angegriffen aus!

Cäcilie: (besorgt) Du wirst doch nicht krank werden?

Toutain: (bei Seite) Was mag er wohl getrieben haben, um so auszusehen.

Margarethe: Du strengst Dich zu sehr an! Diese Politik —

Als Manuscript gedruckt.

Cäcilie: Diese abscheuliche Politik!

Bruniquel: Ach ja!

Toutain: Er opfert sich offenbar! Wie steht's mit Deinem Ministerportefeuille? Hast Du Aussicht?

Bruniquel: Bedeutend! Ich sprach gestern mit unserem künftigen Präsidenten Duruflard —

Toutain: So! Wo denn?

Bruniquel: In den Folies-Bergère! . . . Wir haben uns eingehend unterhalten —

Toutain: (laut) Die ganze Nacht?

Bruniquel: Ja — er hat mir ein wenig auf den Zahn gefühlt. — Im großen Ganzen sind wir einig. Aber —

Margarethe: So, nun setz Dich endlich! hierher! (schiebt ihm einen Fauteuil hin.)

Cäcilie: An's Feuer!

Toutain: Setz' Dich! Setz' Dich!

Margarethe: (zu Cäcilie) Ein Fußkissen, Cäcilie!

Cäcilie: Hier Mama!

Margarethe: Ein Kissen unter dem Kopf . . . . So recht?

Bruniquel: (gerührt) Sehr! Sehr! Danke schön!

Margarethe: Und nun bekommst Du eine kräftige Bouillon —

Bruniquel: Wie lieb von Dir!

Margarethe: Aber ich bitte Dich! Bist Du nicht der beste aller Ehemänner? Komm Cäcilie! (zu Toutain) Ist das ein Gatte?

Cäcilie: Ist das ein Vater? (beide ab durch die Mitte)

Toutain: (bei Seite) Ist das ein Schwindler?

Siebente Scene.

Bruniquel, Toutain.

Bruniquel: (aufspringend) Toutain! Ich bin ein ganz erbärmlicher Wicht —

Toutain: Du bist wenigstens gerecht —

Bruniquel: Seit 21 Jahren betrüge ich dieses heilige Geschöpf auf die unwürdigste Weise! Seit 21 Jahren!

Toutain: Und seit 21 Jahren frage ich mich bei

jeder Reise: „Ob sie Bruniquel nun endlich erwischt hat?" Aber nein, deine Frau vergöttert dich von Tag zu Tag nur noch mehr und noch mehr! Es ist wahrhaftig nicht zu glauben!

Bruniquel: Sie hört nichts, sie sieht nichts, sie glaubt nichts! Ich kann die dümmsten Vorwände ersinnen, die unmöglichsten Ausreden erdenken — sie läßt sich alles aufbinden. Sie setzt ein kränkendes Vertrauen in mich!

Toutain: Du wirst ihr doch nicht etwa einen Vorwurf daraus machen?

Bruniquel: Gewiß! Sie müßte mir helfen, ihr treu zu sein! Sie könnte mich doch zurückhalten! Wie viele Dummheiten würde ich n i c h t begangen haben, hätte ich fürchten müssen, entdeckt zu werden!

Toutain: Sie ist also die Schuldige! Und Du ist unschuldig. — Heuchler! —

Bruniquel: Kein Heuchler — dagegen protestire ich. Ein Lebemann, ein Don Juan, ein Wüstling — meinetwegen! Aber ein Heuchler — nein, nie!

Toutain: Und dennoch habe ich soeben gesehen, wie du deine Frau umarmtest. —

Bruniquel: Weil ich sie liebe — weil ich sie wahr und aufrichtig liebe.

Toutain: Und heute Nacht?

Bruniquel: Umarmte ich Angelina —

Toutain: Aha!

Bruniquel: Weil ich sie auch liebe — wahr und aufrichtig! Ich bin immer aufrichtig.

Toutain: Oder auch nicht —

Bruniquel: Willst Du einen Beweis? Ich habe eine geliebte, angebetete Frau — und eine angebetete Geliebte, und trotzdem bin ich nicht glücklich! Warum? Weil ich zu aufrichtig bin! Mit Angelina unterhalte ich mich — es ist wahr, ich unterhalte mich sogar sehr gut mit ihr. Aber, wenn ich dann zu meiner Frau komme —

Toutain: Da unterhältst Du Dich nicht mehr?

Bruniquel: Dann empfinde ich die bitterste Reue! Ich mache mir Vorwürfe, ich verachte mich! Ekel und Widerwillen empfinde ich vor mir selbst.

Als Manuscript gedruckt.

Toutain. Wenn die Maus satt ist, schmeckt das Mehl bitter!

Bruniquel. Dann fasse ich die besten Vorsätze, ich schwöre mir die feierlichsten Eide, — und den andern Tag — bums dich! wieder die alte Geschichte! Dabei habe ich gar keine Entschuldigung! Mein Heim ist ideal, meine Frau ein Schatz, meine Tochter ein Engel! Ich bin von allen Leuten geachtet, kein Mensch zweifelt an meiner Solidität, ich bin Deputirter und vertrete mein Land — Ich sage Dir, es ist schmachvoll! (zeigt auf sein Portrait) Da! Sieh hin! So stehe ich auf der Tribüne!

Toutain. Wie ein Heiliger im Frack!

Bruniquel. (zum Portrait) Ehrvergeß'ner Schuft, Hanswurst! Ja! Sieh mich nur an! Das bist Du! Soll diese Existenz noch länger dauern? Hast Du noch nicht genug Erbärmlichkeiten begangen — Du — Du Taugenichts — Du!!

Toutain. Beruhige Dich!

Bruniquel. Nein! Laß mich! Ich muß ihm das Alles in's Gesicht sagen! Das erleichtert!

Toutain. Hast Du öfters solche Moralitätsanfälle?

Bruniquel. Jedesmal wenn ich heimkehre.

Toutain. Wie lange dauern die?

Bruniquel. Bis ich wieder fortgehe.

Toutain. Ja, um Himmelswillen: wäre es denn nicht klüger, statt einen solchen Spektakel zu machen, Du versuchtest ernstlich, Dich zu bessern?

Bruniquel. Versuchen? Aber ich thue ja nichts anderes — schon seit — seit immer! Ich habe mir zugeschworen, wenn ich Abgeordneter würde —

Toutain. Du hast Dich wohl nur wählen lassen, um tugendhaft zu werden?

Bruniquel. Jawohl — Aber es hat auch nichts geholfen — im Gegentheil denn eben dieser Wahl hatte ich es zu verdanken, daß ich acht Tage nach derselben Angelinens Bekanntschaft in diesem Zimmer machte.

Toutain. (vorwurfsvoll) Einer Balleteuse! Zweite Quadrille! Zweite Figur! Nicht einmal Solotänzerin! — —

Bruniquel. Ich schwärme nun einmal für das Weibliche — für mich ist das Weib Alles!

Toutain. Jawohl! Das Weib, aber nicht Dein Weib! Soll ich Dir die Wahrheit sagen? Du bist ein Schwachmatikus, ein Mensch ohne jede Energie, ohne ernsten Willen!

Bruniquel. Du hast Recht, mir fehlt die Energie — ich habe nicht die Kraft, einen gefaßten Entschluß durchzuführen. Zu Hause, ja da bin ich der reine Engel, mit lauter guten Vorsätzen gepflastert —

Toutain. Aber draußen fällt das englische Pflaster wieder ab!

Bruniquel. Ich brauche Jemand, der mich unaufhörlich überwachte; mich zwänge, tugendhaft zu bleiben — selbst gegen meinen Willen!

Toutain. Am besten dazu paßt deine Frau!

Bruniquel. Da müßte ich ihr ja gestehen, daß ich sie seit 21 Jahren — nein — das geht nicht!

Toutain. Ja — außer deiner Frau kann aber doch Niemand — da ist guter Rath theuer! Wenn du noch wenigstens einen Schwiegersohn hättest!

Bruniquel. Einen Schwiegersohn??

Toutain. Nun ja! Ein Schwiegersohn würde seine eigenen Interessen vertreten — er vertheidigte ja sein Geld, sein Vermögen, sein dereinstiges Erbe gegen Dich!

Bruniquel. Toutain! Das hat Dir ein guter Engel eingegeben! Aber natürlich! Das Ei des Columbus! Daß mir das nicht früher einfiel! Ein Schwiegersohn! Das ist's! Der wird mein Lebensretter, mein Helfer aus Noth und Gefahr — mein Bernhardiner — Toutain, Dir verdanke ich meine Seelenruhe —

(Margarethe durch die Mitte, eine Tasse in der Hand.)

Achte Scene.

Bruniquel, Toutain, Margarethe.

Margarethe. Hier, Nicolaus, deine Bouillon.

Bruniquel. Ich danke, der Appetit ist mir vergangen. (mit Kraft) Wir verheirathen Cäcilie!

Margarethe. Wie?

Bruniquel. Cäcilie wird heirathen!

__Als Manuscript gedruckt.__

Margarethe. Und wen?

Bruniquel. Das weiß ich nicht — aber heirathen muß sie.

Toutain. (bei Seite). Er meint es ernst.

Margarethe. Das ist wohl Scherz! Cäcilie ist noch zu jung!

Bruniquel. (zornig). Unsinn! Willst Du mir jetzt Steine in den Weg werfen? Dann steh' ich für nichts ein! —

Margarethe. Steine? Was für Steine?

Toutain. Ich bin wohl überflüssig bei dieser Unterhaltung! (bei Seite) Er meint es wahrhaftig ernst! (ab links vorn.)

Neunte Scene.

Bruniquel, Margarethe, Cäcilie.

Margarethe. Möchtest Du mir jetzt erklären, weshalb Du Cäcilie verheirathen willst? —

Bruniquel. Weßwegen?

Margarethe. Ja! — Wer hat Dir diese Idee in den Kopf gesetzt?

Bruniquel. Wer? Wer? — Aber Toutain! Ja wohl, Toutain!

Margarethe. Toutain?

Bruniquel. Natürlich Toutain — weil — weil — (Cäcilie tritt durch die Mitte) Toutain ist krank, sehr krank.

Margarethe: Ernstlich?

Cäcilie. (nach vorn kommend). Mein Pathe krank? —

Margarethe. Was fehlt ihm denn?

Bruniquel. Von Allem etwas! Seine Tage sind gezählt — er ist sozusagen hin!

Margarethe. Nicht möglich!

Bruniquel. Soeben sagte er mir: „Bruniquel, sterben ist nichts! Sterben muß ein Jeder! Aber bevor ich von dem Schauplatze abtrete, möchte ich doch gerne Cäcilchen glücklich verheirathet sehen."

Cäcilie. (gerührt). Mein guter Pathe!

Margarethe. (ebenso.) Der gute Toutain! Deshalb sieht er so schlecht aus!

Bruniquel: Hast Du auch bemerkt? — Nun

siehst Du doch ein, daß ich ihm diesen Trost nicht gut verweigern konnte! Er ist doch ihr Pathe und unser bester Freund; überdies geht auch sein Vermögen —

Cäcilie und Margarethe. Davon wollen wir garnicht sprechen!

Bruniquel. Nein — sprechen wir nicht drüber — kriegen werden wir's ja doch! Aber Du wirst begreifen, Kind, daß wir keine Zeit zu verlieren haben!

Zehnte Scene.

Vorige, Toutain. Dann Corbinet.

Toutain. (von links vorn). Wann wird gefrühstückt!

Bruniquel. Um halb eins. (Alle drei betrachten Toutain mit sichtlichem Mitleid.)

Toutain. (bei Seite.) Was schneiden sie alle für jämmerliche Gesichter?

Cäcilie. (nimmt Toutains Hand.) Mein guter Pathe!

Toutain. Mein liebes Kind!

Margarethe (nimmt die andere Hand.) Bester Toutain!

Toutain. Theure Freundin!

Cäcilie. Sie haben mich so lieb.

Toutain. Natürlich — natürlich.

Cäcilie. Ich Sie aber auch!

Toutain. Davon bin ich überzeugt!

Margarethe. Ich wollte es Ihnen nicht gleich sagen bei Ihrer Ankunft, mein armer Toutain, um Sie nicht zu erschrecken — aber — Sie sehen wirklich nicht gut aus!

Toutain. (erstaunt.) Ah — finden Sie?

Margarethe. Seit Ihrem letzten Besuche haben Sie sehr gealtert.

Toutain. Gealtert?

Bruniquel: Unglaublich gealtert!

Toutain. (w. o.) Nicht möglich!

Margarethe. Lieber Freund, Sie müssen vernünftiger werden. Schonen Sie sich; es ist vielleicht noch nicht zu spät! Sie dürfen nicht so oft nach Paris kommen, um Ihre Wäsche waschen zu lassen!

Bruniquel. Nein, das darfst Du nicht —!

Toutain. (bei Seite) Sollte ich wirklich krank sein? (geht zum Spiegel, sieht hinein und steckt die Zunge heraus.)

Als Manuscript gedruckt.

Cäcilie. Wir wollen Sie pflegen und hätscheln -- oh, Sie sollen es noch gut haben.

Margarethe. Bis an Ihr Lebensende —

Bruniquel. Das wir möglichst zu verlängern suchen werden.

Toutain. (bei Seite) Wahrhaftig, ich fühle mich nicht ganz wohl.

Bruniquel. In jedem Falle aber wird Dein letzter Wille geehrt und erfüllt!

Toutain. Mein letzter — ?

Bruniquel. (bei Seite). Ist das ein dummer Kerl!

Margarethe. Cäcilie soll heirathen!

Toutain. Ist es schon entschieden?

Bruniquel. Unbedingt! Du kannst nun ruhig sterben! Friede Deiner Asche!

Toutain. (bei Seite, erschreckt). Sie begraben mich schon!

Bruniquel. So — jetzt gehe auf Dein Zimmer und leg' Dich ein bischen nieder! Ruhe ist die Hauptsache!

Margarethe. Aber langsam, ganz langsam!

Cäcilie. Nur ja recht schonen!

Margarethe. Keine Aufregung! Vielleicht ist es gar nicht so schlimm!

Toutain. (bei Seite). Was haben die nur? Was soll mir denn fehlen? (ab links vorn).

Bruniquel. (bei Seite, lachend). Jetzt hält er sich gar selbst für todtkrank!

Cäcilie. Mein armer Pathe!

Margarethe. Es wird nicht mehr lange dauern. (Corbinet von rückw. r.)

Corbinet. Verzeihung!

Bruniquel. Nur näher — Corbinet! (zu den Anderen) Bitte laßt uns allein, wir haben zu arbeiten.

Margarethe. Komm, Cäcilie! (zu Bruniquel) Strenge Dich nicht zu sehr an, hörst Du. (Beide ab durch die Mitte).

Elfte Scene.
Bruniquel, Corbinet.

Bruniquel. Giebt's etwas Neues?

Corbinet. Nicht daß ich wüßte! Bittschriften von Ihren Wählern!

Bruniquel. In den Papierkorb damit! Ist das Alles?

Corbinet. (ernsthaft). Nein — das ist nicht Alles. Herr Bruniquel, ich habe die Ehre, um meine Entlassung zu bitten.

Bruniquel. Entlassung? Warum?

Corbinet. Weil mir Ihr Betragen mißfällt!

Bruniquel (auffahrend). Erlauben Sie, das geht zu weit!

Corbinet. Ich gehe geradewegs und erhobenen Hauptes durch's Leben! Ich kenne keine Winkelzüge, keine Hinterthürchen und unreine Hände drücke ich nicht.

Bruniquel. Ist mir bekannt.

Corbinet. Was ich denke, das sag' ich; was ich sage, das thue ich; was ich thue, das sag' ich; was ich sage, das denk' ich . . . . .

Bruniquel. Ich auch! Ich auch — aber — — — —

Corbinet. Daß Sie ein liederliches Leben führen, das ist Ihre Sache; daß Sie sich an der Seite leichtfertiger Frauenzimmer wohl fühlen, geht mich nichts an. Aber ich will nicht länger der Mitschuldige Ihrer Zügellosigkeit sein.

Bruniquel. (zufrieden). Ah! Das ist's!

Corbinet. Ich habe es satt, Sie bei Ihrer Geliebten aufzusuchen und Ihnen Ihre Briefe bei einem Fräulein Angelina zur Unterschrift vorlegen zu müssen. Das gehört sich nicht, das paßt mir nicht und dazu bin ich nicht Ihr Sekretair geworden!

Bruniquel. (bei Seite). Ein braver Junge!

Corbinet. Ich liebe Ihre Frau — —

Bruniquel. Was?

Corbinet. Platonisch natürlich — und ich will nicht länger zusehen, wie Sie sie hintergehen. Ich liebe Ihre Tochter —

Bruniquel. Auch?

Corbinet. Ja! Vorläufig auch nur platonisch! Ich bete sie an und wollte mich ihr um jeden Preis nähern —

Bruniquel. (bei Seite). Er liebt meine Tochter! — —

Corbinet. Deshalb schrie ich damals von der Gallerie des Abgeordnetenhauses: „Bravo Robespierre!"

Als Manuscript gedruckt.

Bruniquel. Also nicht wegen meiner Beredsamkeit?

Corbinet. Gott bewahre! Die Rede hat ja gar keinen Eindruck auf mich gemacht!

Bruniquel. Ein Schmeichler sind Sie nicht!

Corbinet. Nein! Heute verlasse ich, wenn auch mit schwerem Herzen, dieses Haus, weil ich nicht länger durch mein Stillschweigen Ihre skandaleuse Aufführung gutheißen mag.

Bruniquel. Und wohin führt Sie Ihr Weg?

Corbinet. Ich gehe — geradewegs und erhobenen Hauptes —

Bruniquel. Nein. Mein lieber Corbinet! Sie müssen bleiben!

Corbinet. Nein!

Bruniquel. Ich verdopple Ihr Salair!

Corbinet. Ich beziehe ja gar keines.

Bruniquel. Also verdreifache ich's.

Corbinet. Adieu, Herr Bruniquel!

Bruniquel. (ihn zurückhaltend). Seien Sie doch ein bischen nachsichtig! Ich habe ja Unrecht — ich gebe es zu. Aber — sind Sie denn niemals jung gewesen?

Corbinet. Ich bin nicht nur jung gewesen, ich bin es noch! Aber Sie, Herr Bruniquel, Sie sind es nicht mehr.

Bruniquel. Wie?

Corbinet. Sie haben eine Frau von 40 und eine Tochter von 18 Jahren, das sind 58 Jahre, für welche Sie die Verantwortung tragen. Nein, Sie sind nicht mehr jung.

Bruniquel. (fröhlich). Sie achten mich also nicht mehr?

Corbinet. Nein!

Bruniquel. Sie verachten mich?

Corbinet. Sogar sehr —

Bruniquel. Und Sie haben Recht, Corbinet — machen Sie mich tüchtig herunter! Sie erweisen mir einen Gefallen —

Corbinet. Der Gefallen soll Ihnen werden!

Bruniquel. Ich bitte Sie darum — sagen Sie mir die ärgsten Grobheiten — schleudern Sie mir die abscheulichsten Namen in's Gesicht.

Corbinet. Gut: Wüstling, alter Sünder, Don Juan, Ehebrecher, Heuchler! Sie — darf ich Dummkopf sagen? oder wünschen Sie auch ein Paar Ohrfeigen?

Bruniquel. Nein, ich danke.

Corbinet. Sind Sie jetzt befriedigt?

Bruniquel. Vollständig.

Corbinet. Gut. (für sich) Dann riskire ich's. (laut) Herr Bruniquel, ich gestatte mir, Sie um die Hand Ihrer Tochter zu bitten!

Bruniquel. Die Hand meiner Tochter?

Corbinet. Ja.

Bruniquel. Ich gebe Sie Ihnen!

Corbinet. Ist's möglich?

Bruniquel. Unter einer Bedingung!

Corbinet. Angenommen!

Bruniquel. Sie übernehmen die Verpflichtung, mein Leben in regulärere Bahnen zu lenken.

Corbinet. Sie wollen umsatteln?

Bruniquel. Ob ich will!

Corbinet. Ernstlich?

Bruniquel. Ach, mein Freund! Endlich einmal nach Hause kommen zu können, ohne sich schämen zu müssen! Meine Frau und mein Kind zu umarmen, ohne zu erröthen! Aber das ist ja der Traum meines Lebens! Und Sie werden mein Retter sein?

Corbinet. Ihr Retter?

Bruniquel. Jawohl — wollen Sie mein Retter, wollen Sie mein Bernhardiner sein?

Corbinet. Ich will es, und ich sage Ihnen, ich werde rechtzeitig bellen!

Bruniquel. Sie werden mich zur Tugend zwingen!

Corbinet. Mit Gewalt!

Bruniquel. Sie werden mich überwachen!

Corbinet. Wie ein Detectiv!

Bruniquel. Sie werden nicht locker lassen —

Corbinet. Unter keiner Bedingung —

Bruniquel. Und bei der geringsten Schwäche —

Corbinet. Hau' ich drauf los! — Sie sollen mich unerbittlich finden.

Bruniquel. So ist's recht! Außerdem wahren

Sie Ihr eigenes Interesse: führe ich dieses beklagenswerthe Doppeldasein weiter, so geht schließlich jenes Vermögen flöten, welches Ihnen von Rechtswegen eines Tages zuzufallen hat.

Corbinet. (lebhaft). Richtig! Daran habe ich noch nicht einmal gedacht! Da setzen Sie sich hin und schreiben Sie!

Bruniquel. Was soll ich schreiben? (setzt sich an den Tisch).

Corbinet. Was ich Ihnen dictire. (dictirt) „Ich Unterzeichneter Nicolaus Theodor Bruniquel . . .

Bruniquel. (schreibt). „Bruniquel"

Corbinet. (dictirt) „erkläre hiermit ausdrücklich, meine gute Frau bis zum heutigen Tage auf das Unwürdigste hintergangen zu haben."

Bruniquel. Wozu soll ich das schreiben?

Corbinet. Es ist unbedingt nöthig!

Bruniquel. Gut also „auf das Unwürdigste hintergangen zu haben." Dieses heilige, himmlische Geschöpf!

Corbinet. (dictirt) „Und ich beauftrage meinen Schwiegersohn in spe, Octave Corbinet, mit der Ueberwachung meines künftigen Lebenswandels."

Bruniquel (schreibt). „Lebenswandels."

Corbinet. Datum! Unterschrift!

Bruniquel. So —

Corbinet. (nimmt das Papier, liest's und steckt's zu sich). Und nun, Schwiegerpapa, halte ich Sie fest! Verlassen Sie sich drauf!

Bruniquel. (zum Portrait hinauf). Hörst Du's? Jetzt halten wir Dich fest! Du alter Durchgänger Du! Endlich darf auch ich geradenwegs und erhobenen Hauptes durch's Leben gehen!

Corbinet. Dafür werde ich sorgen! Vor allen Dingen werden Sie das Verhältniß mit Frl. Angelina lösen!

Bruniquel. Selbstredend! Heute noch! Sogar sofort!

Corbinet. Wieso sofort?

Bruniquel. Telephonisch! (geht an's Telephon).

(Charlotte mit einer Visitenkarte in der Hand durch die Mitte).

Zwölfte Scene.

Bruniquel, Corbinet, Charlotte.

Charlotte. Herr Bruniquel, eine Dame wünscht Sie zu sprechen!

Bruniquel. Eine Dame? (liest die Karte) Ah! (giebt Corbinet die Karte).

Corbinet. (liest). „Angelina Plantefol — vom National=Theater." Da können Sie die Sache gleich abmachen!

Bruniquel. Soll auch geschehen! Ohne viel Federlesen! (zu Charlotte) Ich lasse bitten! (Charlotte ab). (zu Corbinet) Ich will nur einen anderen Rock anziehen. Empfangen Sie sie einstweilen.

Corbinet. Ich? Ja, was soll ich ihr denn sagen?

Bruniquel. Ganz egal, was! Ich bin gleich wieder da. (ab rechts vorn).

Corbinet. (indignirt). Mich unterhalten! Mit so einer! Das könnte mir grade passen.

(Angelina durch die Mitte).

Dreizehnte Scene.

Corbinet, Angelina, dann Bruniquel.

Angelina. Ah! Corbinet! Und allein?

Corbinet. Herr Bruniquel wird sogleich erscheinen.

(Angelina setzt sich in einen Fauteuil, Corbinet in einen zweiten, entfernt von ihr. Kleine Pause, während welcher Angelina mit Corbinet zu coquettiren versucht. Er verhält sich abweisend).

Angelina. (bei Seite). Er ist doch wenigstens jung! Schade, daß er so entsetzlich tugendhaft ist. (zu Corbinet) Möchten Sie nicht ein bischen netter zu mir sein? Ich will's ja auch mit Ihnen sein.

Corbinet. Ich verstehe Sie nicht, Madame!

Angelina. Seien Sie doch nicht so scheinheilig!

Corbinet. Madame!

Angelina. Sie gefallen mir — Sie gefallen mir sogar sehr —! Das wissen Sie ganz gut! Können Sie mich denn nicht auch ein wenig lieb haben?

Corbinet. Nein

Als Manuscript gedruckt.

Angelina. Und weshalb?

Corbinet. Weil ich von der Liebe eine zu hohe Meinung habe, als daß wir beide uns darüber verständigen könnten!

Angelina. (ironisch). Ach, Sie sind Sachverständiger in Liebesangelegenheiten!

(Bruniquel von rechts im Salonrock, ernst und gravitätisch).
(Ceremonielle Begrüßung).

Bruniquel. Madame!

Angelina. Mein Herr!

Bruniquel. (leise zu Corbinet). Lassen Sie uns allein.

Corbinet. (leise). Seien Sie unerbittlich!

Bruniquel. (ebenso). Ohne Gnade!

Corbinet. (bei Seite). Auf die kalte Douche ist sie nicht vorbereitet! (r. rückw. ab).

Vierzehnte Scene:

Angelina, Bruniquel, dann Charlotte.

Bruniquel. (bei Seite). Nur ruhig Blut und gemessene Entfernung! (laut) Liebe Angelina —

Angelina. Verzeihung! .... habe ich das Vergnügen, mit Herrn Bruniquel zu sprechen?

Bruniquel. (erstaunt). Jawohl!

Angelina. Mit Herrn Bruniquel, dem Abgeordneten der Cher—et—Loire!

Bruniquel. (immer am Schreibtisch). Gewiß! (bei Seite) Sollte Jemand horchen?

Angelina. Ich bitte um Entschuldigung, mein Herr, wenn ich es wage, Ihre kostbare Zeit in Anspruch zu nehmen.

Bruniquel. (verblüfft bei Seite). Was hat sie denn nur?

Angelina. (lächelnd, als ob Bruniquel zu ihr gesprochen hätte). Sie sind wirklich zu gütig! (setzt sich). Gestatten Sie, daß ich mich vorstelle: Angelina Plantefol vom Balletcorps des National-Theaters ... (sie bricht in Lachen aus, da sie sein erstauntes Gesicht sieht). Erinnerst Du Dich denn an gar nichts mehr? (vorwurfsvoll) Du Undankbarer!

Bruniquel. (sich setzend). Undankbarer?

Angelina. Ist heute nicht der 21. November?

Bruniquel. Nun?

Angelina. Kam ich nicht grade vor einem Jahr hierher, zu Dir — in dieses Cabinet. —

Bruniquel. (sich erinnernd). Richtig! Richtig! Du wolltest meine Protection für Deine Schwester Clemence, welche vom Conservatorium abging.

Angelina. Jawohl!

Bruniquel. Ist das schon ein Jahr her?

Angelina. Ein volles Jahr! Der erste Geburtstag unserer Liebe!

Bruniquel. Wie die Zeit vergeht!

Angelina. Ich habe es nicht vergessen! Heute früh sagte ich mir: Mein Nicolchen muß überrascht werden!

Bruniquel. (gerührt). Also deshalb?

Angelina. (fröhlich). Ich wußte ja, daß ich dir mit meinem Kommen ein Vergnügen bereite!

Bruniquel. In der That — das ist sehr nett von Dir!

Angelina. (steht auf). Da saßest Du, genau wie heute, an Deinem Schreibtisch — aber mit einer sehr feierlichen Miene, streng und kühl. Ich zitterte beinahe.

Bruniquel. Nicht möglich —

Angelina. Wahrhaftig! Ich hatte Furcht!

Bruniquel. (lacht). Na, na!

Angelina. Auf Ehre!

Bruniquel. (steht auf und geht zu ihr). Du armes Närrchen!

Angelina. (spielt die Scene). Ich bitte vielmals um Entschuldigung, mein Herr, wenn ich einige Augenblicke Ihrer kostbaren Zeit in Anspruch zu nehmen wage.

Bruniquel. Und ich antwortete: „Eine schöne Frau darf bei mir Alles wagen!" War das nicht galant?

Angelina. Gewiß! Meine Furcht schwand. Ich lächelte und Du setztest Dich neben mich.

Bruniquel. Wie jetzt?

Angelina. Dann legtest Du Deinen Arm um meine Taille und wolltest mich küssen. (steht und spielt die Scene). Aber mein Herr, was denken Sie von mir?

Bruniquel. (aufstehend). Ich denke, daß Sie die

Als Manuscript gedruckt.

hübscheste Zukunfts-Prima Ballerina der großen Oper sind. Ein Küßchen nur!

Angelina. Niemals, mein Herr! Als ich Dich aber ansah, fühlte ich, daß ich Dir nichts verweigern könne.

Bruniquel. Ein einziges Küßchen! Sie werden doch nicht so grausam sein . . . .

Angelina. (ihm die Wange reichend). Aber nur ein kleines — ein ganz, ganz, ganz ganz kleines, winziges!

Bruniquel. (schließt sie in die Arme und küßt sie leidenschaftlich). Angelina!

Angelina. Nicolaus!

Bruniquel. (w. o.) Meine süße Lina!

Angelina. Mein dickes Nickelchen!

Bruniquel. Ach Gott, ach Gott, ach Gott — ich möchte Dich aufessen!

Angelina. Aufessen? Sag' mal Dickerchen!

Bruniquel. Was denn, mein Liebling?

Angelina. Wo speist Du heute Abend?

Bruniquel. Beim Senatspräsidenten!

Angelina. Laß ihn schießen!

Bruniquel. Den Senats-Präsidenten — schießen lassen?

Angelina. Du bist doch bereits Abgeordneter!

Bruniquel. Ja, ja — aber — das geht doch nicht!

Angelina. (schmeichelnd). Wir soupiren bei Paillard, wie heut vor einem Jahr.

Bruniquel. Cabinet No. 6!

Angelina. Das wäre herrlich! Nicht wahr, Du kommst?

Bruniquel. (nachgebend). Ja — aber — der Präsident —

Angelina. Laß ihn sitzen! Dafür ist er doch Präsident!

Bruniquel. Na meinetwegen!

Angelina. (fällt ihm um den Hals). Ach Du mein süßes Nickelchen! Ach — wie ich Dich liebe!

Bruniquel. (sie zärtlich küssend). Mein Engel! Meine Linetta! Mein wonniges, angebetetes Herzenshuhn!

Angelina. (macht sich los). Also abgemacht; jetzt muß ich fort.

Bruniquel. Schon? Wohin denn so eilig?

Angelina (mit Nachdruck). Nach Asnières. Man hat mir eine kleine Villa zum Kauf angeboten. Es soll ein wahres Schmuckkästchen sein! Und so billig! Rein umsonst! (bei Seite) Er wird den Wink verstehen.

Bruniquel. Du erzählst mir heute Abend, ob sie Dir gefallen hat. Grüße Deine Schwester Clemence!

Angelina. Die hat zu thun. Sie spielt heute in einer Matinée im Theater Montparnasse.

Bruniquel. Im Vorstadttheater? Als was tritt sie denn auf?

Angelina. Sie giebt die „Camilla" in „Horace."

Bruniquel. Was? Sie wagt sich an Corneille? Alle Achtung.

Angelina. Ja, sie hat den Muth! Du holst mich also um 7 Uhr ab!

Bruniquel. Punkt 7!

Angelina. Und in Zukunft nimmst Du für den 21. November keine andere Einladung an, als meine?

Bruniquel. Ich schwöre!

Angelina. Der Tag ist geheiligt! Und — Du weißt, — die Villa — spottbillig! Rein umsonst!

(Es klopft an der Thür. Bruniquel geht rasch zum Kamin, Angelina ans Fenster).

Bruniquel. Herein!

Charlotte. (eintretend). Madame läßt fragen, ob angerichtet werden soll —

Bruniquel. Ich komme schon! — Madame!

Angelina. Mein Herr! (sie geht mit Charlotte durch die Mitte ab).

Fünfzehnte Scene.

Bruniquel, dann Corbinet.

Bruniquel. Dieses Feuer! Diese Leidenschaft! Dieses Temperament! Sie ist großartig, himmlisch —

Corbinet. (tritt von rechts ein, bei Seite). Sie ist fort! (laut) Das ist ja rasch gegangen! Hat sie nicht geweint?

Bruniquel. Geweint?

Als Manuscript gedruckt.

Corbinet. Was hat sie denn gesagt? Wie hat sie's aufgenommen?

Bruniquel. Großartig! Entzückend! Ich sage Ihnen, lieber Freund, solch ein Weib giebt's nicht wieder! Nie! Nie!

Corbinet. Das will ich auch hoffen. Ist das Verhältniß jetzt definitiv gelöst?

Bruniquel. Gelöst? (schreit auf, sich an den Kopf fassend) Ach du lieber Gott! Das habe ich ganz vergessen?

Corbinet. Vergessen? Das ist denn doch starker Tabak! — Und das nennen Sie unerbittlich? Ohne Gnade!?

Bruniquel. Ich werde morgen lösen —

Corbinet. Nichts da, Verehrtester! heute noch! heute!

Bruniquel. Aber lieber Corbinet —

Corbinet. Hat sich was, mit lieber Corbinet! Wenn sie bis heute Nachmittag 5 Uhr mit der Person nicht abgeschlossen haben, erfährt Madame Bruniquel um 1/4 6 Uhr Alles!

Bruniquel. Das werden Sie nicht thun!

Corbinet. Ich werde mich wohl genieren?

Bruniquel. Meine Frau glaubt's Ihnen nicht!

Corbinet. So? dann zeige ich ihr's schwarz auf weiß! (zieht die Schrift aus der Tasche und liest) „Ich Unterzeichneter Nicolaus Theodor Bruniquel" . . . .

Bruniquel. Donnerwetter da bin ich schön hereingefallen —

Corbinet. „Erkläre hiermit ausdrücklich meine gute Frau bis heutigen Tages auf das Unwürdigste hintergangen zu haben."

Bruniquel. Erlauben Sie! (will das Papier nehmen)

Corbinet. Ja natürlich! (steckt die Schrift ein).

Bruniquel. (bei Seite) War ich dumm! War ich dumm —

Corbinet. Also — heute Nachmittag.

Bruniquel. (bittend) Octave!

Corbinet. Um 5 Uhr! — Schämen Sie sich denn gar nicht? Genügt es nicht, daß Sie Ihre Frau seit 21 Jahren betrügen?

Bruniquel. (ergriffen) Es ist wahr —

Corbinet. Sie wollen Ihre Tochter verheirathen!

Bruniquel. Meine liebe Cäcilie!

Corbinet. Und in einem Jahre Großpapa sein!

Bruniquel. (energisch) Nein, nein, nein! Und 1000 mal nein! Die Sache muß ein Ende haben! Und ich mache ein Ende!

Corbinet. Das lob ich mir!

Bruniquel. Um ½5 bin ich bei Angelina!

Corbinet. Und wenn Sie eine halbe Stunde später nicht aller Fesseln ledig sind, dann hole ich Sie dort ab!

Bruniquel. Fürchten Sie nichts! Diesmal bleib' ich stark! Unerschütterlich! Ich schwöre es! Eisen! In meine Arme, Schwiegersohn!

Sechszehnte Scene.

Bruniquel, Corbinet, Margarethe, Cäcilie, dann Charlotte, dann Toutain.

Margarethe. (durch die Mitte mit Cäcilie eintretend) Schwiegersohn?

Bruniquel. Ja — ich habe einen — einen guten — einen ausgezeichneten! der seine Frau glücklich machen wird —

Margarethe. Bist Du dessen auch sicher?

Bruniquel. Vollkommen! Ich übernehme jede Garantie! (bei Seite) Ein Schwiegersohn, der mich so ausgeschimpft hat.

Cäcilie. Papa, Mama, ich bin glücklich!

Bruniquel. Umarmt Euch, Kinder!!

Charlotte. (von rechts) Madame! Das Essen ist servirt.

Bruniquel. Also zu Tische! Das Brautpaar voran! Doch wo ist Toutain?

Margarethe. Richtig! der arme Toutain! (ruft) Toutain!

Bruniquel. Toutain! . . . Toutain . . .! Rasch! zu Tische!

Toutain. (erscheint im Schlafrock, ein Taschentuch um den Kopf. Mit kläglicher Miene) Ich kann nichts essen! Ich bin krank! sehr krank — (Man umringt ihn)

(Vorhang)

Als Manuscript gedruckt.

Zweiter Akt.

(Bei Angelina. Toilettenzimmer. Fenster im Hintergrund, rechts und links Thüren, eben solche ganz vorn rechts und links. Links Kamin mit Feuer. Rechts sehr eleganter, eingerichteter Toilettentisch; rechts eine Chaiselongue. Blumen, Nippes, Polstersitze, ꝛc.)

Erste Scene.

Angelina, Mariette.

Angelina. 4½ Uhr! Und Clemence noch immer nicht zurück. (läutet) Ich bin neugierig, wie ihr Debut abgelaufen ist! — (läutet) Ist Mariette taub —

Mariette. (v. r.) Madame.

Angelina. Bringe mir einen Unterrock — ich will Toilette machen.

Mariette. Welchen?

Angelina. Bring' sie alle — ich werde auswählen!

Mariette. Sogleich Madame. (geht rechts ab und kommt mit mehreren Matinées zurück, welche sie auf einer Chaise longue ausbreitet)

Angelina. Heute will ich unwiderstehlich sein! Nicolaus liebt Spitzen!

Mariette. Hat sich Herr Bruniquel schon entschlossen?

Angelina. Entschlossen?

Mariette. Zur Villa — für Madame!

Angelina. Ich habe heute früh darauf angespielt. Ernstlich spreche ich erst heute Abend mit ihm — beim Dessert. Wir soupiren bei Paillard, wir feiern den Jahrestag unserer Bekanntschaft.

Mariette. Was? Die Gnädige kennt Herrn Bruniquel schon ein Jahr —

Angelina. Nein — nur 11 Monate. Aber ich überlegte mir, daß der 21. Dezember doch gar zu nahe am 24.

Mariette. Ach so — der Weihnachtsgeschenke wegen.

Angelina. Ich werde mir doch die Weihnachtsgeschenke nicht entgehen lassen!

Mariette. Und Herr Bruniquel?

Angelina. (lachend) Mit Enthusiasmus darauf eingegangen! Er war ordentlich gerührt.

Mariette. Es ist doch ein feiner Herr und wie er Madame liebt —

Angelina. Einer von uns beiden muß doch wenigstens den Andern lieben!

Mariette. Und splendid ist er!

Angelina. Ja, dafür aber riesig langweilig! (Es läutet, Mariette ab 1) Es ist unglaublich, daß ein Mann so dämlich, so leichtgläubig sein kann! Die dümmsten Vorwände die ich ersinne, die unmöglichsten Ausreden die ich erdenke — Alles läßt er sich aufbinden! Er vertraut mir — Ein solches Vertrauen ist beinahe beleidigend!

(Clemence v. links)

Zweite Scene.

Angelina, Clemence, dann Mariette.

Angelina. Endlich! Nun — wie ist's abgelaufen? Bist Du zufrieden?

Clemence. Und wie! Hungers brauchen wir heute nicht zu sterben! (Verschiedenes aus der Tasche ziehend) Da sind Lebensmittel! 5 Rüben, 3 Erdäpfel, eine Sellerie und zwei Rettige! All' das hat man mir zu Ende des 3. Aktes geworfen.

Angelina. Arme Clemence!

Clemence. Und da giebts Leute, welche behaupten, die Kunst könne ihre Jünger nicht ernähren! Die sollen nur im Theater Montparnasse auftreten —

Angelina. Man hat Dich also ausgepfiffen?

Clemence. Das ist gar kein Ausdruck! Sie haben geheult wie hungrige Wölfe. Dieses Volk hat ja keine Ahnung von Corneille! Die Geschichte nahm eine bedenkliche Wendung — da kam mir ein rettender Gedanke und — (ruft) Mariette! (Mariette von links mit drei großen Blumenbouquets) da schau hin — das bekam ich zum Schluß des 4. Aktes.

Angelina. Blumen?

[Als Manuscript gedruckt.

Clemence. Die haben nur so geregnet!

Angelina. Was hast Du denn gethan?

Clemence. Ich habe ein Mittel gefunden, diesen Strohköpfen Corneille mundgerecht zu machen.

Angelina. Welches Mittel?

Clemence. Ich habe die große Scene, in welcher Camilla Rom verflucht, nicht gesprochen, sondern gesungen:
(Nach der Melodie von Linge=lange=loo).

Schmettre Zeus hernieder Deinen Blitz auf Rom,
Wälze Felsenstein an's Ufer gelber Tiberstrom!
Brecht, o .... (bricht plötzlich ab).

(Angelina und Mariette lachen). Den Triumph hättet Ihr erleben sollen! Das Haus erzitterte vom Applaus! Sie gebärdeten sich wie rasend! Beim Ausgange haben sie mir die Pferde ausgespannt!

Angelina. Schlechter Witz!

Clemence. Sie **haben** sie ausgespannt und weg=geführt; ich glaube der Kutscher hat sie noch nicht wieder zurück bekommen. Ich habe eine zeitlang in der Karre gesessen; wie ich merkte, daß sie sich gar nicht vom Flecke rührte, bin ich ausgestiegen und zu Fuß hergelaufen! Engagirt bin ich auch. Der Direktor selbst hat mir den Antrag ge=stellt, und nächste Woche trete ich in „Patrie" von Sardou auf — als Dolores.

Angelina. Bravo!

Clemence. Du sollst sehen, wie ich im 5. Akte sterben werde. — In einem Drama ist ein erschütternder Tod die Hauptsache! Ich habe mir's am Heimwege zurecht gelegt. Ungefähr so! (declamirt übertrieben) Carlo! Mein an=gebeteter Carlo! .... Ah! Nein! .... Nicht Du! .... Nicht Du! .... (schreit auf) Ah!! Er hat mich — getroffen! Zu Hilfe! Ich sterbe! Ich sterbe! Zur Hilfe, zur Hilfe! Ahh .... (sinkt leblos zur Erde)

Angelina. Aber Clemence!

Mariette. Fräulein!

Clemence. (jetzt sich aufrecht hin) Was sagt Ihr dazu? Aber es ist noch nicht elegant genug? Ich muß es heraus bekommen! (steht auf)

Angelina. Es wäre besser, Jemanden zu finden, der sich für Dich interessirte!

Clemence. Ich — von der Gnade eines Mannes leben — niemals!

Angelina. (lachend) Ach so — Du lebst lieber von der meinigen.

Clemence. Gewiß! Unter Schwestern ist das ganz egal! Uebrigens ersetze ich Dir Alles, sobald ich berühmt sein werde — —

Angelina. Das kann noch lange dauern!

Clemence. Ich glaube an meine Kunst, an den göttlichen Funken! Ich hab' ihn! Ich hab' ihn!

Angelina. Was denn?

Clemence. Den göttlichen Funken.

Angelina. Dann behalte ihn.

Clemence. Du, wie gefiele Dir das? (declamirt wie vorher) Carlo! .... Mein angebeteter Carlo! .... Ah! Nein! ... Nicht Du! ... (schreit auf) Ahh!!! Er hat mich getroffen! ... Zu Hilfe! Ich sterbe! Ich sterbe! Zu Hilfe, zu Hilfe. Ahh! (sinkt sitzend zu Boden à la Barrison)

Angelina. (lacht hell auf)

Clemence. Nein — auf die Weise gehts auch nicht — das ist nicht fein.

Mariette. Sie werden sich noch etwas zerbrechen, Fräulein!

Clemence. Oh, das ist solide, ich kann einen Puff vertragen! (Nimmt die Bouquets von Mariette) Gieb her! Ich werde es schon heraus bekommen! (Declamirt) Carlo! ... Mein angebeteter Carlo! .... (declamirend ab rechts)

Angelina. (lachend) So was!

Clemence. (hinter der Scene) Ich sterbe! Ich sterbe! Ach! (man hört den schweren Fall)

Angelina. Noch nicht genug? (öffnet die Thür zu Clemences Zimmer) Du wirst noch mal in Scherben gehen —

Clemence. (hinter der Scene) Ach was, ich hab' ihn, den göttlichen Funken! Ich hab' ihn! Ich hab' ihn!

Angelina. Dann halt ihn Dir auch! Meinetwegen! (zu Mariette auf die Röcke deutend). Bringe diesen auf mein Zimmer! (ab links vorn).

Mariette. Sehr wohl, Madame! Bei Fräulein Clemence ist gewiß eine Schraube los! (Bruniquel von links hinten)

Als Manuscript gedruckt.

Dritte Scene.

Mariette, Bruniquel.

Bruniquel. (bei Seite) Da wären wir! In einer halben Stunde, längstens 40 Minuten muß alles vorüber sein. Corbinet hat mir 40 Minuten zugestanden!

Mariette. (Dreht sich um) Ah, Herr Bruniquel! Wie bin ich erschrocken!

Bruniquel. Die Gnädige zu Hause?

Mariette. Ja wohl! Ich werde sie sogleich verständigen. (wendet sich zur Thür links vorn).

Bruniquel. Ein Moment! Ist sie guter Laune?

Mariette. Gewiß, Herr Bruniquel!

Bruniquel. (bei Seite) Desto besser!

Mariette. (bei Seite) Stellt der komische Fragen. (laut) Soll ich Ihren Hausrock bringen?

Bruniquel. Nein — keinen Hausrock! (bei Seite) Es ist aus mit dem Hausrock!

Mariette. (bei Seite) Der hat was! (links ab vorn mit den Roben.)

Vierte Scene.

Bruniquel. Was sage ich nur? (trocknet sich die Stirne) Hier ist's aber heiß! (setzt sich) Vor allen Dingen muß ich jede Annäherung vermeiden! Keine Umarmung! Keinen Kuß — sonst bin ich verloren! Das beste Mittel ist, ich denke an meine Frau! Der Gedanke wird mich retten! O Margarethe! (steht auf) Du heiliges, himmlisches Geschöpf! O Margarethe! Margarethe! (Wiederholt mechanisch diese Worte, bis er in die Melodie hineinkommt).

Margarethe, Mädchen ohne gleichen
Margarethe, lasse Dich erweichen
Margareth' erhöre doch mein Fleh'n (tänzelnd)
Ich liebe Dich — (er hält indignirt plötzlich ein)
Mein Gott wo komme ich den nhin? Wie warm ist's hier! (er nimmt sein schwarzseidenes Halstuch ab und hält es in der Hand) Wahrhaftig ich bin nicht mehr im Stande, auch nur eine Minute lang hintereinander an meine Frau zu denken. Es ist eine Schande! Was thue ich nur! Ich muß irgend ein

sichtbares Zeichen vor mir haben, irgend einen Gegenstand, der sie unaufhörlich meinem Gedächtnisse einprägt — Da! Dies Halstuch! Ein Geschenk von ihr! (Bindet es um den linken Aermel seines hellen Ueberziehers) Sehr gut! Jetzt ist meine Frau bei mir. Das ist Margarethe! (Angelina von links)

Fünfte Scene.

Bruniquel, Angelina.

Angelina. Du kommst ja zu früh, Nickelchen. Du hast's wohl gar nicht erwarten können?

Bruniquel. Ich bitte Dich, mache das Matiné zu.

Angelina. (lächelnd) Genirt Dich das?

Bruniquel. Ja — nein — Du wirst Dich erkälten!

Angelina. Du hast Recht — es ist kühl hier. So! Bist Du nun zufrieden?

Bruniquel. (geht zur Chaise longue) Danke! Margarethe! Margarethe!

Angelina. (setzt sich auf das Chaise longue) Du! die Villa habe ich mir angesehen!

Bruniquel. (sich ganz vorn hinsetzend) Welche Villa?

Angelina. In Asnières!

Bruniquel. In Asnières!

Angelina. Möchtest Du vielleicht nicht noch etwas weiter von mir fort rücken?

Bruniquel. Gewiß! (steht auf und setzt sich noch weiter fort)

Angelina. Was hast Du denn?

Bruniquel. Ich? Nichts!

Angelina. Setz' Dich doch zu mir —

Bruniquel. (bei Seite) Nicht um ein Schloß! (betrachtet sein Foulard, murmelt: Margarethe!)

Angelina. So komm doch —

Bruniquel. Nein!

Angelina. Weshalb?

Bruniquel. Das wirst Du gleich erfahren!

Angelina. Was hast Du denn? (steht auf und geht zu ihm)

Bruniquel. (steht auf) Nicht zu nahe!

Angelina. Du bist ungemütlich! (geht zum Kamin)

Als Manuscript gedruckt.

Bruniquel. Angelina! Es giebt im Menschenleben Stunden —

Angelina. Täglich 24!

Bruniquel. Von diesen spreche ich nicht!

Angelina. Von welchen denn?

Bruniquel. Es giebt im Menschenleben grausame Stunden —

Angelina. (lachend) Du siehst aus, als wärest Du mitten in einer solchen!

Bruniquel. (weicht zurück, betrachtet sein Halstuch und murmelt:) Margarethe! Margarethe!

Angelina. (bemerkt jetzt die Halsbinde. Zu ihm tretend) Verzeihung Geliebter! Jetzt bemerke ich erst —

Bruniquel. Was denn?

Angelina. Den Flor! Hast Du Trauer bekommen?!

Bruniquel. Trauer? . . . Ja wohl! Ich bin in Trauer!

Angelina. Seit heute morgen? so plötzlich —

Bruniquel. Seit heute morgen.

Angelina. Wer ist gestorben?

Bruniquel. Mein Onkel . . . Mein braver guter Onkel! Er war wie ein zweiter Vater —

Angelina. Soupiren wir heute nicht zusammen?

Bruniquel. Nein — nicht heute und nicht morgen! Es wird überhaupt nicht mehr soupirt!

Angelina. Wie? Ueberhaupt?

Bruniquel. Der Mann, der zu Dir spricht, Angelina, ist ein Mann, der lösen will und lösen muß.

Angelina. Lö — Lösen? Du willst mich verlassen?

Bruniquel. Jawohl — ich verlasse Dich (Flor besehend) heiliges und himmlisches Geschöpf — nicht Du — ich will sagen —

Angelina. Ein Bruch also! Aber das ist ja unmöglich! Das kann ja nicht sein! Sage, das ist nur ein schlechter Scherz.

Bruniquel. Angelina!

Angelina. Du! Mich verlassen! (bei Seite) Wo bliebe denn meine Villa? (laut) Mich verlassen? Du? Mein süßes liebes Nickelchen? Du? mein Alles?

Bruniquel (vor ihr zurückweichend). Es muß sein —

Angelina. Und warum? (ihr Frisirmantel öffnet sich).

Bruniquel. Ich bitte Dich, mach Deinen Frisirmantel zu.

Angelina. Laß mich mit meinem Frisirmantel in Frieden.

Bruniquel. (nach links gehend, b. S.) Wenn sie das Kleid nicht zumacht, bin ich verloren! Margarethe! Margarethe!

Angelina. (zu ihm tretend). Ich will wissen, warum Du mich verläßest!

Bruniquel. (b. S.) Ich darf nicht hinsehen! Nicht hinsehen!

Angelina. Habe ich Dich nicht so geliebt, wie Du es gewünscht hast?

Bruniquel. Doch, doch —

Angelina. Habe ich Dich je betrogen?

Bruniquel. Nein, wenigstens nicht, daß ich wüßte!

Angelina. Das genügt! Also warum die Trennung? Den Grund will ich wissen —

Bruniquel. Den Grund — die Stimme der Vernunft — Angelina! Ich bin nicht mehr jung!

Angelina. Deswegen?

Bruniquel. Ich bin ein 46er.

Angelina. Du 46 Jahre alt? Oh nein — Du bist zweimal 23! Morgens 23 — Abends 23!

Bruniquel. Du scherzest.

Angelina. (zieht ihn zum Spiegel). Sieh in den Spiegel! Du bist jung — Du bist schön!

Bruniquel. Das ist wahr — schön bin ich — aber — ich habe graue Haare!

Angelina. Wo?

Bruniquel. Du siehst sie nur nicht — weil ich sie immer ausreiße!

Angelina. Nein — da steckt etwas anderes dahinter. (schreit auf) Ah!

Bruniquel. Was ist?

Angelina. Ich hab's! Du liebst eine Andere!

Bruniquel. Ich?

Angelina. (Verzweiflung heuchelnd). Mein Gott! Er liebt eine Andere! (geht rechts hinüber) Er liebt eine Andere —

Als Manuscript gedruckt.

Bruniquel. (ihr nachgehend). Das ist nicht wahr —
Angelina. Zurück! (kalt) Sie sind also entschlossen, mein Herr?!
Bruniquel. Ja —
Angelina. Fest entschlossen —
Bruniquel. Ja! Ich habe geschworen!
Angelina. Wem?
Bruniquel. Meinem künftigen Schwiegersohne!
Angelina. Gut! (Sie läutet.)
Bruniquel. Was willst Du thun?
Angelina. Das werden Sie erfahren.
(Mariette von links vorn.)

Sechste Scene.

Bruniquel, Angelina, Mariette.

Mariette. Madame?
Angelina. Rasch! In die Apotheke, für 2 Francs 50 Arsenik —
Mariette. Sehr wohl, Madame! (b. S.) Der alte Kniff —
Bruniquel. Das leide ich nicht!
Angelina. Geh, Mariette!
Mariette. Oh, Herr Bruniquel! Eine Frau wie Madame! Die Sie so sehr liebt! Die sich Ihretwegen vergiften will —
Angelina. Laß uns!
Mariette. Ich gehorche, Madame! (b. S.) Der ist schwach, der wird nicht lange widerstehen! (ab links vorn).
Angelina. (sinkt auf einen Sitz und spielt die Verzweifelte). Großer Gott, wer hätte das für möglich gehalten?
Bruniquel. (b. S.) Wie sie mich liebt!
Angelina. (sich erhebend). Und da giebt man diesen Männern sein Herz! Seine Seele, . . . seine Jugend, . . seine Schönheit! Alles! Alles . . .
Bruniquel. Lina!
Angelina. Und sie! An dem Tage, wo sie eine Villa hergeben sollen — kratsch — aus —
Bruniquel. Pfui — wie erbärmlich!
Angelina. Das ist ihre Liebe! — Ich grolle Dir

nicht — ich kann Dir nicht grollen — aber ich weiß, was ich zu thun habe! (küßt ihn auf die Stirne). Nikolaus! Sei glücklich! Mein Gott — mein Gott — gieb mir Kraft!

Bruniquel. Mein süßes Herzenslinettchen!

Angelina. Leben ohne Dich? — Nein — das kann ich nicht!

Bruniquel. Himmel —

Angelina. (stürzt ans Fenster und reißt es auf). Lebe wohl! (Sie steigt auf das Fensterbrett. Straßenlärm. Schreie: „Sie fällt!" „Sie stürzt!" „Sie tötet sich!" Stimme von Labermol: „Zurück da oben!")

Bruniquel. (sie zurückhaltend). Zu Hilfe! Zu Hilfe!

Angelina. Laß mich los. Du liebst mich nicht mehr! Ich will sterben! Ich muß sterben! Das Leben hat keinen Reiz mehr für mich.

Clemence. (von rechts vorn).

Siebente Scene.

Bruniquel, Angelina, Clemence, dann Labermol.

Clemence. (v. S.). Wieder einmal der abgedroschene Fensterwitz! Aha, Bruniquel will abschnappen.

Bruniquel. Clemence! Kommen Sie, helfen Sie! Rasch!

Clemence. Ich mische mich nicht in Angelinas Angelegenheiten. (v. S.) Gimpel! (Geht nach hinten ab.)

Labermol. (Polizeisergeant, stürzt von links herein). Halten Sie fest! Halten Sie fest!

Angelina. (entreißt sich den Armen Bruniquels und fällt ohnmächtig in Labermols Arme). Ah! Ah!

Bruniquel. Ohnmächtig!

Labermol. Sie hat die Sinne verloren! Wie schön sie ist — (küßt sie).

Bruniquel. Wie?

Labermol. Sehr schön sogar! (küßt sie)

Bruniquel. Geniren Sie sich nur ja nicht!

Labermol. (küßt sie).

Bruniquel. (zornig). Erlauben Sie!

Labermol. Alles Vorschrift! Wenn wir eine Dame unseres Stadtviertels ohnmächtig antreffen, haben wir ihr

Als Manuscript gedruckt.

drei Küsse zu appliciren; wirkt das nicht, so holen wir einen
Arzt. Gewöhnlich genügt's! Sehen Sie, sie schlägt schon
die Augen auf!

Angelina. (mit schwacher Stimme). Wo bin ich?

Labermol. In den Armen Labermol's, Polizist 217.

Angelina. Sie riechen nach Schnaps.

Labermol. Das sagen Alle und Alle haben Recht.
Hierher, Madame! (führt sie zur Chaise longue, wo Bruniquel die
Kissen ordnet.)

Angelina. Danke.

Labermol. Erzählen Sie jetzt, was ist los? Man
wollte sich also tödten?

Angelina. Ach!

Labermol. So schön, so jung und schon selbst-
morden!

Angelina. (zeigt auf Bruniquel). Er will mich verlassen! Er will nichts mehr von mir wissen!

Labermol. (b. S.) Wegen diesem Hanswurst —

Angelina. Seine Liebe war mein Alles!

Bruniquel. Mein Liebling!

Angelina. War mein Leben! Früh wenn ich auf-
stand, galt mein erster Gedanke meinem Nickelchen.

Labermol. Nickelchen?

Bruniquel. Das Nickelchen bin ich.

Angelina. Abends wenn ich zur Ruhe ging, wem
galt mein letzter Gedanke? Meinem Nickelchen.

Labermol. Der erste und der letzte Gedanke! (zu
Bruniquel) Was wollen Sie denn mehr? Sie — — Sie — —

Bruniquel. Aber — —

Angelina. Er verläßt mich! Er verläßt mich! (sie
wirft sich bäuchlings auf die Chaise longue.)

Labermol. Gemeiner Kerl —

Angelina. (mit dem Kopf in den Kissen). Warum hast Du
mich geliebt, da es doch nicht für immer war?

Labermol. (zu Bruniquel). Sie frägt Sie, warum Sie
sie geliebt haben, da es doch nicht für immer war?

Bruniquel. (gerührt). Oh! Wenn ich nur auf mein
Herz allein hören dürfte!

Angelina. (immer mit schwacher Stimme). Guter Freund,
in meinem Zimmer steht auf dem Kamin ein kleines braunes

Fläschchen mit Laudanum! Bitte, bitte, bitte es mir zu bringen!

Labermol. (gerührt). Beruhigen Sie sich, liebe Dame — es giebt ja noch andere Männer, die nicht so gemein sind, wie dieser da —

Angelina. Ich will sterben!

Bruniquel. Sie zerreißt mir das Herz!

Angelina. Wo bist Du? Ich kann Dich nicht sehen — wo bist Du?

Labermol. Ich bin da!

Angelina. (sanft). Nein — nicht Sie, er! (faßt Bruniquel an der Hand, schluchzend) Wenn ich nicht mehr sein werde, wirst Du manchmal an mich denken, nicht wahr? Nur hie und da — ich bin nicht anspruchsvoll! Und dann wirst Du mich vielleicht ein wenig bedauern! (Bruniquel und Labermol fangen an zu weinen). Du wirst Dir sagen: Es war doch ein liebes gutes Mädchen —

Bruniquel. (weinend). Hör auf — ich bitte Dich — hör auf, ich bitte Dich — hör auf —. Ich will nicht, daß Du stirbst. Ich leide es nicht.

Angelina. Leben ohne Deine Liebe? Nein. Weine nicht! Ich sterbe glücklich und zufrieden, da Du bei mir bist!

Bruniquel. (schluchzend). Mein Geliebtes —

Labermol. (schluchzend). Ach Gott, ach Gott, ach Gott! (wirft sein Kepi (Dienstmütze) auf die Erde).

Angelina. Versprech' mir, einige Lilien auf mein Grab zu pflanzen. Lilien waren meine Lieblingspflanzen bei Lebzeiten! Wirst Du im Frühling zu meinem Grabe kommen?

Labermol. (wüthend und Bruniquel bedrohend). Was? Im Frühling? Gleich hat er zu kommen! Wenn Sie dieses Mädchen verlassen — sperre ich Sie ein! Sie! Sie . . . .

Bruniquel. Ich bin ja nicht frei!

Labermol (brüllend). Einsperren thu' ich Sie! Einsperren!

Bruniquel. Aber ich bin verheirathet!

Labermol. Was hat das damit zu thun? Ich bin auch verheirathet. Ist nicht alle Welt verheirathet?

Bruniquel. Und Sie haben eine Geliebte?

Als Manuscript gedruckt.

Labermol. Selbstverständlich hab' ich eine! Sogar zwei!!

Bruniquel. Alle Achtung!

Angelina. (bei Seite). Der Polizist ist gut!

Bruniquel. Sie hintergehen Ihre Frau?

Labermol. Seit 24 Jahren.

Bruniquel. Da hätte ich ja noch 3 Jahre gut!

Angelina. Und er macht keine solchen Geschichten!

Labermol. Meine Frau ist sehr glücklich und zufrieden dabei.

Bruniquel. Meine ja auch!

Labermol. Da sie von nichts weiß!

Bruniquel. Meine weiß auch nichts!

Labermol. Weshalb beklagt sie sich denn, wenn sie nichts weiß?

Bruniquel. Sie beklagt sich ja auch gar nicht!

Labermol. Weshalb beklagen Sie sich denn?

Bruniquel. Ich beklage mich ja auch nicht!

Labermol. Ja — zum Donnerwetter noch einmal — wer also denn?

Bruniquel. Eigentlich Niemand!

Labermol. Wie? Was? Niemand beklagt sich und Sie wollen dieses himmlische Weib verlassen, das nicht aufstehen oder sich niederlegen kann, ohne an Sie zu denken?

Bruniquel. Sie haben Recht — es wäre schmachvoll!

Labermol. Eine Frau, welche sich Ihretwegen selbst gemordet hat?

Bruniquel. Ich bin ein Elender — ein Elender! ...

Labermol. Ob Sie wohl gleich um Verzeihung bitten?

Angelina. Nicolaus!

Bruniquel. Angelina! (Umarmung)

Labermol. So ist's recht! Schnäbelt Euch. Das ist das Wahre!

Clemence. (hinter der Scene) Carlo! Mein angebeteter Carlo! Ach nein — nicht Du — nicht Du! Ach!

Labermol. Was ist das?

Clemence (w. o.) Er hat mich getroffen! ... Zu Hilfe!

Labermol. Da wird Jemand abgemurkst!

Clemence. (w. o.) Ich sterbe! Ich sterbe!

Labermol. Mord! (Er zieht seinen Säbel und will rechts hinten abstürzen, da erscheint Clemence tragisch, wie verwirrt, die Haare aufgelöst).

Achte Scene.

Vorige, Clemence.

Clemence. Zu Hilfe, zu Hilfe! Ich sterbe! Ach! (fällt wie todt zur Erde)

Labermol. Todt!

Bruniquel. Clemence! (Beide knieen nieder und bemühen sich um die scheinbar Todte).

Angelina. (setzt sich lachend) Das ist zu viel, Clemence! Hör doch auf mit diesen Tollheiten —

Clemence. (setzt sich auf) Sieh mal, Nickelchen! Wie geht's? Ein Polizist?

Bruniquel. Sie sind nicht todt?

Clemence. Nicht daß ich wüßte! Ich studire die Dolores in Patrie!

Bruniquel. Da macht man Einen doch vorher drauf aufmerksam! (Alle drei erheben sich)

Labermol. Eine Schauspielerin also?

Clemence. Zu dienen! Es ist noch nicht das Richtige, aber ich werde es schon heraus bekommen!

Labermol. Haben Sie sich nicht beschädigt?

Clemence. Nein, mein Herr! danke für die gütige Nachfrage! (zu Angel. u. Bruniquel) Ihr seid also wieder vereinigt?

Angelina. (Auf Labermol deutend) Dank dem Arme des Gesetzes!

Labermol. Dessen sehnlichster Wunsch es ist, Streitende zu versöhnen, Liebende zu vereinen und einen Schluck auf deren Wohl zu trinken!

Angelina. Bediene diesen braven Mann.

Labermol. (salutirt Clemence) Madame!

Clemence. Verzeihung! .... Fräulein! Ich habe mich ausschließlich der Kunst geweiht. „Nicht Männerliebe darf mein Herz berühren mit sünd'gen Flammen eitler Erdenlust."

Labermol. Schade!

<u>Als Manuscript gedruckt.</u>

Clemence. (nach r.) Hier hinein, würd'ger Krieger! Eine Idee! Wollen Sie mir Carlo machen?

Labermol. Was soll ich Ihnen machen?

Clemence. Wollen Sie ein wenig mit mir durchgehen?

Labermol. Durchgehen?

Clemence. Die Rolle! Die Situation ist folgende: Dolores liebt Carlo und Carlo liebt Dolores! Verstehen Sie?

Labermol. Welch eine Verwicklung! Aber ich verstehe.

Clemence. Dolores hat ihr Vaterland verrathen.

Labermol. Pfui!

Clemence. Diese Entrüstung ist gut! Sehr gut! Kommen Sie! Wir werden es schon heraus bekommen! Ich habe den göttlichen Funken! Ich hab' ihn! (ab r. hinten)

Labermol. (ihr folgend) Davon verstehe ich Nichts — aber Durst hab' ich. (ab)

Angelina. Ich will mich anziehen — Du verläßt mich nicht? Niemals? Schwöre, daß Du mich nie verlassen wirst!

Bruniquel. Ich, Dich verlassen? Und wenn das ganze Firmament einfiele, hörst Du — das ganze Firmament ... an Deiner Brust ist mein einzig wahres Glück!

Angelina. Wie konntest Du nur so grausam sein!

Bruniquel. Ich hatte ja keine Ahnung bis zu welchem Grade Du mich liebst!?

Angelina. Ich liebe Dich ja mehr wie mein Leben! Hoffentlich wirst Du es mir jetzt glauben! (b. S.) Lang' genug hat es gedauert! (ab links vorn)

Bruniquel. Man mag sagen, was man will, — die Frauen sind doch viel besser wie wir. Wenn ich bedenke, daß ich dieses Weib verlassen wollte — dieses — (Corbinet v. l. hinten)

Mariette. Herr Bruniquel, Herr Corbinet wünscht Sie zu sprechen —

Bruniquel. Alle Wetter! Den hatte ich vergessen. — Laß ihn eintreten.

Neunte Scene.
Bruniquel, Corbinet, dann Mariette.

Corbinet. Die 40 Minuten sind um! Ist Alles erledigt?

Bruniquel. (energisch) Alles aus! Ganz aus! Gehen wir!

Corbinet. Bravo! Bravissimo!

Bruniquel. Kommen Sie!

Corbinet. Sie sind tapferer als ich dachte!

Bruniquel. (b. S. nimmt seinen Hut) An der nächsten Straßenecke reiße ich ihm aus und komme wieder! (laut) Fort von hier! Die Luft dieses Gemaches. brennt wie Feuer auf meiner Seele. Nie wieder werde ich diese Angelina sehen!

Corbinet. Meine Hochachtung, Schwiegerpapa! (Mariette von l. vorn)

Mariette. Herr Bruniquel!

Bruniquel. (leise) Auch dies Mädchen will ich nicht mehr sehen! Nur fort!

Mariette. Madame läßt Sie bitten . . .

Bruniquel. So kommen Sie doch!

Corbinet. (zu Mariette) Was läßt Madame Herrn Bruniquel sagen?

Mariette. Der gnädige Herr möge nicht vergessen, bei Paillard das Cabinet No. 6 für heute Abend reserviren zu lassen.

Bruniquel. (kratzt sich hinter das Ohr). Oh weh! Oh weh!

Corbinet. (zu Mariette). Das läßt Madame Herrn Bruniquel bitten?

Mariette. Ja, mein Herr!

Bruniquel. (b. S. seinen Hut wieder hinsetzend) Nun wird's schön! (geht nach rechts)

Corbinet. (nachdem er Bruniquel fixirt hat) Gut, — Mariette — es wird besorgt! (Mariette links vorn ab)

Elfte Scene.

Bruniquel, Corbinet.

Bruniquel. Verteufelt unangenehme Situation! (kleine Pause)

Corbinet. Herr Bruniquel, heute früh habe ich Sie auf Ihr dringendes Verlangen und Ihre spezielle Aufforderung mit diversen Schimpfnamen betitelt —

Bruniquel. Das haben Sie!

Als Manuscript gedruckt.

Corbinet. Ich wiederhole sie jetzt ohne Ihre Erlaubniß und ohne Aufforderung und ich füge noch hinzu, daß Sie — ein —

Bruniquel. (ärgerlich). Hören sie auf. — Jetzt ist's genug!

Corbinet. Es ist unerhört! So wohl fühlen Sie sich also in dieser unsauberen Gesellschaft?

Bruniquel. Das kümmert Sie gar nichts!

Corbinet. Sie glaubten, Sie könnten Ihren Schwiegersohn ebenso zum Besten halten, wie Ihre Frau? Sie irren sich, Sie versichern mir, daß Alles aus sei —

Bruniquel. Also nein! Nein, nein, nein! Gar nichts ist aus! Basta!

Corbinet. Sie gestehen?

Bruniquel. Ich gestehe! Aber der Himmel — ich schwöre es — der Himmel ist mein Zeuge, daß ich Alles gethan habe, um auseinander zu kommen.

Corbinet. So?

Bruniquel. Ich habe mich in die äußerste Ecke gesetzt — dorthin — ich habe gebeten, den Frisirmantel zuzumachen, ich habe sogar Margarethe um meinen Aermel gewickelt! Mehr kann ich nicht thun und wenn Sie auch ein noch ungläubigeres, dämliches Gesicht dazu machen!

Corbinet. Mein Herr!

Bruniquel. Was ich denke, das sag' ich und was ich sage, das denk' ich. Ihre Art und Weise paßt mir nicht!

Corbinet. Erlauben Sie —

Bruniquel. Heute früh haben Sie mir Ihre Entlassung angeboten —

Corbinet. Die Sie verweigerten.

Bruniquel. Jetzt nehme ich sie an!

Corbinet. Zu spät!

Bruniquel. Dann gebe ich Ihnen die Entlassung.

Corbinet. Annahme verweigert.

Bruniquel. Herr! Nun wird 's mir zu bunt! Ich jage Sie fort! Bin ich jetzt deutlich genug?

Corbinet. Jeder Zweifel ausgeschlossen. Ich gehe also —

Bruniquel. Adieu!

Corbinet. Zu Ihrer Frau! (zieht das Papier aus der Tasche.)

Bruniquel. (drohend). Nehmen Sie sich in Acht!

Corbinet. (liest). Ich Unterzeichneter Nicolaus Theodor Bruniquel erkläre hiermit ausdrücklich, meine gute Frau . . . .

Bruniquel. (will es ihm wegnehmen)

Corbinet. Ja natürlich! (steckt es ein). In einer Stunde soll Madame Bruniquel erfahren, wie lange sie schon, ohne es zu ahnen, die unglücklichste Frau gewesen ist.

Bruniquel. Ich möchte Sie erdrosseln!

Corbinet. Geniren Sie sich nicht! So muthig gegen mich und so schwach gegen die! (zeigt nach links vorn).

Bruniquel. Ich war nicht schwach! Ich that alles Mögliche — aber ich konnte nicht brechen!

Corbinet. Und weshalb?

Bruniquel. Sie wollte sich töten!

Corbinet. (ironisch) Unsinn —

Bruniquel. Sie wollte sich aus dem Fenster stürzen.

Corbinet. (b. S.) O Du heilige Einfalt!

Bruniquel. Eines ihrer Beine war schon draußen! Ich bitte Sie, kann ich mit einer Frau in solcher Position unterhandeln?

Corbinet. Mit der kann man in allen Positionen unterhandeln. Merken Sie denn nicht, daß sie sich nur lustig über Sie macht?

Bruniquel. Sie, die schon das zweite Bein nachziehen wollte?

Corbinet. Sie können einem wirklich leid thun! Zum letzten Male — wollen Sie oder wollen Sie nicht?

Bruniquel. Corbinet, sie überlebt's nicht! Sie liebt mich abgöttisch!

Corbinet. Gut! Wenn ich Ihnen nun binnen einer Viertelstunde das Gegentheil beweise!?

Bruniquel. In einer Viertelstunde?

Corbinet. Machen Sie einen kleinen Spaziergang, kommen Sie dann wieder und Sie selbst soll Ihnen den Abschied geben!

Bruniquel. Ach was — dummes Zeug!

Corbinet. Wenn sie Sie nicht mit Glanz an die

Als Manuscript gedruckt.

Luft setzt, gebe ich Ihnen Ihr Papierchen: Ich Unterzeichneter u. s. w. zurück.

Bruniquel. Es gilt.

Corbinet. Abgemacht! Welche Summe wollten Sie ihr zum Abschied überreichen?

Bruniquel. 20000 fcs. — Genügt?

Corbinet. Ich wills meinen. Haben Sie das Geld bei sich?

Bruniquel. Da ist es. (Giebt ihm ein Packet Banknoten)

Corbinet. Nun drücken Sie sich!

Bruniquel. Sie werden sich scheußlich blamiren! Eine Frau, die schon ein Bein auf der Straße hatte!

Corbinet. (mitleidig). Sie!

Bruniquel. (unruhig). Was wollen Sie ihr sagen?

Corbinet. Das ist meine Sache!

Bruniquel. Sie kann ohne meine Liebe nicht leben!

Corbinet. Werden wir sehen!

Bruniquel (falscher Abgang). Halt! Eine Idee! Wie wäre es, Sie gäben mir 14 Tage Zeit, um ein für allemal — —

Corbinet. Ich denk' nicht d'ran — Adieu — (stößt ihn zur Thüre)

Bruniquel. (b. S.) Ich bestelle das Cabinet bei Paillard (ab l. hinten).

Corbinet. Leichtgläubiger Thor, der sich einreden läßt, seine Liebe sei einer Mademoiselle Plantefol unumgänglich nöthig! Ob ich mit 46 Jahren auch noch so dumm sein werde? ich glaube kaum. (Angelina von vorn links).

Elfte Scene.

Corbinet, Angelina.

Angelina. Corbinet! Was verschafft mir die Ehre?

Corbinet. (b. S.) Jetzt los! (laut, leidenschaftlich) Endlich! Endlich! Sie!

Angelina. Ja wohl, ich!

Corbinet. (Hand auf's Herz) Ah!

Angelina. Haben Sie auf mich gewartet?

Corbinet. Oh!

Angelina. Was ah'n Sie und oh'n Sie so durcheinander? Was haben Sie denn?

Corbinet. Was ich habe? (sie mit Feuer an sich pressend) Sie hab' ich endlich! Sie!

Angelina. (verblüfft). Sind Sie verrückt geworden, Corbinet?

Corbinet. Total! Aus Liebe!

Angelina. Sie?

Corbinet. Lang genug hab ich's getragen — und ich glaubt', ich trüg' es nie!

Angelina. Was Sie sagen!

Corbinet. Das sagt sogar Heine. Und weil ich diese lodernde Flamme tief in meinem Busen barg, glaubten Sie, ich sei kalt und gleichgültig!

Angelina. Sie sind es nicht?

Corbinet. Kalt? Ich gleichgültig? (sie umarmend) Nennt man das Gleichgiltigkeit?

Angelina. (sich losmachend b. S.) Was hat er denn?

Corbinet. Ich kann nicht anders! — Es muß heraus! Wenn Sie wüßten! Ich esse nicht mehr — ich trinke nicht mehr — und meine Nächte — wissen Sie, wo ich die verbringe? In meinem Bette. —

Angelina. Ich auch!

Corbinet. Aber ich wälze mich ruhelos von einer Seite auf die andere. Der Schlaf flieht mein Auge, meine Pulse hämmern und mit heißer Sehnsucht rufe ich den Namen: (hauchend) Angelina! Angelina!

Angelina. Du kleines Närrchen, habe ich Dir nicht erst heute noch angedeutet, daß . . . .

Corbinet. (mit Würde). Und Herr Bruniquel?

Angelina. Was sollte der Dich geniren?

Corbenet. Wie! Dein Herz mit einem andern theilen? Hat Romeo die Julie getheilt? Faust die Margarethe? Eduard die Kunigunde?

Angelina. Die waren mit weniger zufrieden —

Corbinet. Das kann ich nicht — Ich will Alles, Alles allein — da ich nicht Alleinherrscher sein kann — so lebe wohl — auf ewig!

Als Manuscript gedruckt.

Angelina. Du verreist?

Corbinet. Heute Abend noch werde ich Paris verlassen.

Angelina. Wohin?

Corbinet. Zuerst nach Dijon, wo ich das Erbe meiner Tante Cordempain antrete.

Angelina. (lebhaft). Du erbst?

Corbinet. Ja —

Angelina. Wieviel?

Corbinet. Ungefähr eine Million und eine Glasfabrik!

Angelina. Eine Million?

Corbinet. Und eine Glasfabrik. Der Notar hat mir schon einen kleinen Vorschuß geschickt. (zieht die Banknoten heraus). 20000 Franks!

Angelina. 20000! Und Du kommst mit den 20000 zu mir? Das finde ich einfach reizend!

Corbinet. Nimm sie hin — sie sind Dein!

Angelina. (würdevoll). O nein, mein Freund!

Corbinet. Ich hatte sie eigentlich Bruniquel versprochen.

Angelina. Bruniquel? Ist der etwa in Verlegenheit?

Corbinet. Na und ob. — Das ist schon mehr Krach! Nimm nur! Zum Andenken —

Angelina. Nun — zum Andenken — das ist etwas Anderes! Ich will Dich nicht verletzen. (nimmt das Geld).

Corbinet. (mit vibrirender Stimme). Und nun — laß mich den ersten und den letzten Kuß auf Deine keuschen Lippen drücken, den ersten und den letzten Blick in Deine Augen senken — zum ersten und zum letzten Male den Duft dieser geliebten Haare einathmen und laß Dir zum ersten und zum letzten Male sagen, daß ich Dich liebte, wie noch nie ein Mann geliebt! Und nun lebe wohl — lebe wohl für immer!

Angelina. Octave!

Corbinet. Angelina?!

Angelina. Und wenn ich Bruniquel verabschiedete?

Corbinet. (entzückt). Das wolltest Du thun?

Angelina. Und Dein wäre — nur Dein allein?

Corbinet. (w. v.) Das könntest Du? — —

Angelina. Ich kann's!

Corbinet. Angelina!

Angelina. Octave! Ich glaube, ich wäre gestorben wenn Du mich verlassen hättest!

Corbinet. Ist's kein Traum?

Angelina. Nein, es ist wahr!

Corbinet. Halte ich Dich wirklich in meinen Armen?

Angelina. Ja, Du hältst mich wirklich!

Corbinet. O Gott! Wie schön! (läßt los). Aber er wird gleich wiederkommen!

Angelina. Wer?

Corbinet. Bruniquel!

Angelina. Den überlaß nur mir, Liebling —

Corbinet. (b. S). Es geht vortrefflich! (laut) Wenn Du ihn aber verabschiedest — bitte — dann so, daß eine Wiederkehr unmöglich ist!

Angelina. Bist Du etwa eifersüchtig, Närrchen? Verlaß Dich auf mich! (Man hört zwei Glockenschläge). Das ist er! Du sollst sehen, wie der 'rausfliegt —

Corbinet. Aber nicht vor mir! Ich will dem Menschen nicht mehr begegnen.

Angelina. Tritt, bitte, hier hinein. — Höchstens 2 Minuten, länger dauert's nicht!

(Corbinet rechts vorn ab).

Zwölfte Scene.

Angelina, Bruniquel, dann Tabermol.

Angelina. Da mache ich ja den prächtigsten Tausch! Ein Millionär!

Bruniquel. So — da wäre ich wieder, mein Linettchen! Alles ist auf das Beste besorgt — No. 6 reservirt — und ein Menu zusammengestellt — ich sage Dir: ein Menu! — (hält inne, da er Angelina sieht, welche seinen Hut und Rock genommen hat und ihm Beides reicht. Er nimmt es ganz bestürzt, mechanisch aus ihrer Hand).

Angelina. Mach' eine schöne Verbeugung!

Bruniquel. Wie?

Angelina. Eine schöne Verbeugung!

Bruniquel. Bitte! (verbeugt sich).

Angelina. (öffnet die Thür hinten weit links). So! Und nun empfiehl Dich!

Als Manuscript gedruckt.

Bruniquel. Wie soll ich das verstehen?

Angelina. Ganz einfach! Hinaus!

Bruniquel. Du weist mir die Thür?

Angelina. Sind Sie nicht hierher gekommen, um mit mir zu brechen?

Bruniquel. Ja wohl — aber es blieb bei der Absicht!

Angelina. Schon der Versuch ist Frevel! Mich verabschiedet man nicht — sondern ich verabschiede.

Bruniquel. So sei doch vernünftig —

Angelina. Nein!

Bruniquel. Angelina!

Angelina. Adieu!

Labermol. (hereinkommend von rechts). Schöne Dame, Ihr Wein ist ganz vorzüglich!

Bruniquel. Lina!

Angelina. Für Sie heiße ich nicht mehr Lina!

Bruniquel. Aber ich liebe Dich ja!

Angelina. Muß ich Gewalt anwenden? Auch recht! (zu Labermol) Lieber Freund —

Labermol. Was giebt's denn schon wieder zwischen Ihnen? (zu Bruniquel) Sie wissen, was ich Ihnen gesagt habe:! Wenn Sie sich noch einmal unterstehen, diese Dame zu verlassen —

Bruniquel. Das will ich ja nicht!

Labermol. Möchte ich auch nicht gerathen haben.

Bruniquel. Ich liebe sie mehr als je.

Labermol. So gehört's sich.

Bruniquel. Aber sie will von mir nichts wissen!

Labermol. Waas? —

Angelina. Ja! Ich! Ich habe ihn satt!

Bruniquel. Hören Sie?

Angelina. Ja, ich habe ihn satt — und nicht erst seit heute, schon lange —

Labermol. (fröhlich). Ob ich mir das nicht gleich gedacht habe! Schon vorher sagte ich mir: Es ist nicht möglich, daß sie einen solchen Hanswurst liebt!

Angelina. (mit Entrüstung). Und verheirathet ist er auch! Denken Sie, ein verheiratheter Mann!

Labermol. Sie sind verheirathet? Haben Sie denn kein Schamgefühl! Hinaus! — hinaus — —

Bruniquel. Werden Sie nicht grob, Sie! — Und die wollte sich meinetwegen töten!!

Angelina. (lachend). Töten? O sancta simplicitas!

Labermol. Sie ist wüthend! Sie spricht schon lateinisch! Gehen Sie! Gehen Sie!

Bruniquel. Und solcher Creaturen wegen täuschen wir unsere Frauen!

Angelina. Creaturen?

Labermol. Werden Sie nicht auch noch beleidigend, sonst kann's bös werden! Vorwärts! Vorwärts!

Bruniquel. Das verzeihe ich Corbinet nie! — Gut, ich gehe!

Labermol. Und mit Beschleunigung, wenn ich bitten darf!

Bruniquel. Das geht Sie gar Nichts an!

Labermol. Was — wollen Sie jetzt raus oder nicht?

Bruniquel. Nein.

Labermol. Wenn Sie nicht sofort verduften, dann —

Bruniquel. Gut — ich gehe, aber ich komme niemals wieder. Und Sie (zu Labermol) zeige ich an — Sie haben Ihre Befugnisse überschritten — (ab).

Labermol. Was — wie — mich anzeigen? — Ein Glück, daß er gegangen ist, denn ich hätte mich nicht mehr halten können.

Angelina. So, das wäre besorgt! (richtet ihre Toilette) Der kommt nicht wieder!

Labermol. Das war ein hartes Stück Arbeit! Und nun, Madame, habe ich die Ehre, mich zu empfehlen. Sehr erfreut gewesen, Ihre Bekanntschaft gemacht zu haben. Sollte Ihr Fräulein Schwester Carlo wieder benöthigen — ich stehe jederzeit zu Diensten.

Angelina. Danke schön, ich werde es ihr sagen.

Labermol. (im Gehen). Und da fragen noch die Leute, warum man die Polizei nie in der Straße sieht, wenn man sie braucht? Ganz einfach! Sie hat eben in den Etagen zu thun! (ab).

Angelina. (Thür rechts öffnend). Die Luft ist rein!

Corbinet. Ist er fort?

Angelina. Für alle Zeit!

Corbinet. Endlich! (b. S.) Jetzt drücke ich mich!

Als Manuscript gedruckt.

Angelina. Er beschimpfte mich noch zuletzt!
Corbinet. Wie? er wagte? (b. S.) Beste Gelegenheit! (laut) Das soll er mir büßen! (will abstürzen.)
Angelina. (ihn zurückhaltend). Nein, bleibe!
Corbinet. So eine Unverschämtheit! Er verdient — (w. o.)
Angelina. (w. o.) Laß' ihn!
Corbinet. (b. S.) So geht's nicht!
Angelina. Jetzt bin ich Dein! Ganz Dein! (Umarmung.)
Corbinet. Welche Seligkeit!

Vierzehnte Scene.

Vorige, Clemence.

Clemence. (von rechts mit einer kleinen Gießkanne.) Genirt Euch nicht, Kinder! Wenn das Nickelchen sähe!
Angelina. Es giebt kein Nickelchen mehr! Das ist jetzt mein Herzensschatz!
Clemence. Was Du sagst!
Angelina. (leise). Er hat eine Million geerbt!
Clemence. (leise) Ja dann! (laut) Wie nett er ist! — Aber ich muß Wasser für meine Blumen holen! (links hinten ab).
Corbinet. (b. S.) Wie werde ich sie nur los? (laut) Angelina!
Angelina. Still Schatz! ich weiß, was Du mir sagen willst! (sie läutet).
Corbinet. Ah!
Angelina. Glaubst Du, ich könnte nicht in Deinen Augen lesen, die von unterdrückter Leidenschaft sprechen?!
Corbinet. Man kann Dir doch nichts verbergen!
Mariette. (l. vorn eintretend) Madame!
Angelina. Ich bin für Niemanden zu sprechen, Mariette! Hörst Du, für Niemanden!
Mariette. Sehr wohl Madame! (ab).
Angelina. Und nun — entschuldige mich einen Augenblick — gleich bin ich wieder da — oder nein — dort bin ich und wenn ich Kuckuk! rufe — so kommst Du!
Corbinet. Ganz recht! Kuckuk! Und ich komme!
Angelina. Werde nur nicht ungeduldig! Ich werde

mich beeilen. Kuckuk! Kuckuk! (Angelina links vorn ab, nachdem sie Corbinet umarmt).

Corbinet. Beeile Dich (wie sie draußen ist — Nachsatz) — nur ja nicht! Ich habe keine Zeit zu verlieren! Wo ist mein Hut? Mein Hut?

Clemence. (v. l. hinten, einen Brief in der Hand) Suchen Sie etwas?

Corbinet. Meinen Hut! . . . Ach richtig, drin im Zimmer! (ab rechts vorn).

Clemence. (ruft) Angelina!

Angelina. (hinter der Scene) Kuckuk!

Clemence. Wie?

Angelina. Kuckuk!

Clemence. Spielen sie Verstecken?

Angelina. (im eleganten Negligée eintretend) Nun -- Octave? Wo ist er denn?

Clemence. Der Jetzige? drinnen; er holt seinen Hut!

Angelina. (verwundert) Wozu braucht er jetzt seinen Hut?

Clemence. Da ist übrigens auch ein Brief für Dich.

Angelina. (nimmt). Von Bruniquel! Schon? (liest) Ich hätte Dich für klüger gehalten, mein liebes Kind! (schreit auf) Ach! Mein Gott!

Clemence. Was ist?

Angelina. (laut und rasch lesend) „Corbinet wollte mir beweisen, daß Du mich nur zum Narren hältst. Es ist ihm gelungen. Es kostet mich 20000 frcs. die ich ihm für Dich gab — aber ich bedaure sie nicht. Die Erfahrung ist das Geld werth" (gesprochen) Ah! dieser Corbinet!

Clemence. So'n Schwindler —

Angelina. Und seinetwegen habe ich Bruniquel davon gejagt, Bruniquel, der mich liebte!

Clemence. Wir sind bestohlen!

Angelina. Was kann ich diesem Menschen nur anthun? O ich wollte! Ich wollte . . . .

Clemence. Schneiden wir ihm den Rückweg ab.

Angelina. Ja, sperr zu! (Clemence zieht den Schlüssel von der Thür l. hinten) Rasch! Er kommt!

(Beide nach r. hinten.)

Als Manuscript gedruckt.

Corbinet. (sehr vergnügt v. r. vorn.) Leb' wohl Madrid, nie wende sich Dein Glück! (geht nach l. hinten, Angelina und Clemence folgen ihm leise) Adieu Linettchen! Wir Beide sehen uns wohl nie wieder! — Was ist das? Geschlossen? (Er dreht sich um und steht den Beiden gegenüber) Ah!

Angelina. (wüthend) Deine Tante Cordempain . . .
Clemence. (ebenso) Die Million!
Angelina. Die Glasfabrik!
Corbinet. (b. S.) Sind sie verrückt geworden?
Angelina. (stürzt an's Fenster, reißt es auf und ruft) Hilfe! zu Hilfe!
Clemence. Hilfe! Rasch! (Sie bringen beide Haar und Toilette in Unordnung).
Corbinet. Was soll das? Seid Ihr verrückt geworden? (Stimme Labermol: Komme schon! Komme schon!)
Angelina. Hilfe!
Clemence. Zu Hilfe!
Corbinet. So schweigt doch stille!

Fünfzehnte Scene.

Vorige, Mariette, Labermol, Nachbarn, Passanten.

Mariette. (v. l.) Haben Sie mich gerufen, Madame?
Clemence. (giebt ihr den Schlüssel) Oeffne! (setzt sich neben Angelina — Kleider in Unordnung — beide halb ohnmächtig).
Labermol. (vor der Thür l. hinten) Auf! Auf!
Mariette. (öffnet. Labermol und Menge bringen ein.) Was ist los? Was geschah?
Angelina und Clemence. Arretiren Sie den da!
Corbinet. Mich?
Labermol. Warum?
Clemence. Er drang hier ein —
Angelina. Sprach uns von Liebe —
Clemence. Als wir nicht hörten —
Angelina. Versuchte er — oh!!

Alle. Oh!?

Labermol. Was! Sie versuchten — oh!! Sie sind arretirt!

Corbinet. Ich protestire!

Angelina. Sie Glasfabrikant —

Clemence. Mit Millionen-Tanten!

(Labermol faßt Corbinet. Alles umringt ihn. Gruppe).

Vorhang.

Als Manuscript gedruckt.

Dritter Akt.

(Dieselbe Decoration wie im I. Acte.)

Erste Scene.

Bruniquel, dann Margarethe.

(Wenn der Vorhang hoch geht, ist die Bühne leer — Bruniquel d. d. Mitte — finster, den Hut in die Augen gedrückt.)

Bruniquel. Heute früh besaß ich noch den Glauben an Liebe und Dankbarkeit — heute Abend ist er dahin! hinausgejagt von der Frau, der ich beinahe eine Villa gekauft hätte! — Und wem verdanke ich das Alles? diesem Corbinet! Einem Menschen, den ich von der Gallerie aufgelesen habe! Der soll mir nur in die Hände fallen! Der soll's gut haben —

Margarethe. (v. r. vorn) Ich hörte Dich kommen! Du siehst bekümmert aus!

Bruniquel. Es ist nichts — eine kleine Unannehmlichkeit.

Margarethe. Hängt wohl mit der Ministerkrise zusammen?

Bruniquel. Ja, jawohl.

Margarethe. Hat man Dich bei Seite geschoben.

Bruniquel. (bitter) Du hast's errathen — man hat mich bei Seite geschoben.

Margarethe. Das braucht Dich aber nicht zu kränken! Ist's nicht diesmal, ist's ein andermal.

Bruniquel. Nein — nie wieder!

Margarethe. Ich bitte Dich! Als ob unsere Ministerien nicht wechseln würden, wie Liebhaber! Alle Augenblicke ein anderes! Erinnere Dich an Deinen Freund Martinet! 18 Jahre wartete er; schließlich kam er doch dran! Gräme Dich nicht — das ist die Sache wahrhaftig nicht werth!

Bruniquel. (sehr gerührt) Ach Margarethe! Margarethe!

Margarethe. Bester Mann.

Bruniquel. Du bist so lieb! So gut! Wenn ich Dich nicht hätte —

Margarethe. Du hast mich ja —

Bruniquel. Du heiliges und himmlisches Geschöpf! Du würdest mich nie davon jagen!

Margarethe. Dich davon jagen?

Bruniquel. Du weißt gar nicht, wie sehr ich Dich liebe!

Margarethe. Gewiß weiß ich das!

Bruniquel. Nein — das kannst Du nicht wissen! Sage mir aufrichtig — bist Du glücklich?

Margarethe. Ja, mein Lieber!

Bruniquel. So was man wirklich glücklich nennt?

Margarethe. Sehr glücklich!

Bruniquel. Und Du könntest gar nicht noch glücklicher sein?

Margarethe. Ich wüßte nicht, wie es möglich wäre!

Bruniquel. Du heiliges himmlisches Geschöpf — (b. S.) Jetzt soll mir ein Mensch sagen, warum ich mir Gewissensbisse machte —

Margarethe. Wie oft frage ich den Himmel, womit ich einen solchen Mann verdient habe!

Bruniquel. Ich bitte Dich!

Margarethe. Wie froh wäre ich, wenn unsere Cäcilie mit Corbinet ebenso glücklich würde!

Bruniquel. (lebhaft) Mit Corbinet? davon ist keine Rede mehr!

Margarethe. Wie?

Bruniquel. Der mein Schwiegersohn? Niemals!

Margarethe. Ich verstehe dich nicht!

Bruniquel. Ist auch nicht nöthig — wenn ich nur verstehe!

Margarrethe. Aber heute morgen gefiel er Dir doch ausnehmend?

Bruniquel. Und heute Abend mißfällt er mir ebenso ausnehmend!

Als Manuscript gedruckt.

Margarethe. Weshalb denn?

Bruniquel. (verlegen.) Weshalb? Weshalb? Du fragst weshalb?

Margarethe. Du mußt doch einen Grund haben?

Bruniquel. Hab' ich auch! Einen ganz genügenden sogar! ... Aber angeben kann ich ihn Dir nicht! (b. S.) Das fehlte noch!

Margarethe. Was?

Bruniquel. Oder ja — ich kann ihn Dir auch angeben! Er wird Dir zwar merkwürdig erscheinen — (b. S.) Was sage ich nur? (laut) — oder vielmehr eigenthümlich — ja —

Margarethe. Nun?

Bruniquel. (b. S.) Ich hab's! — (laut) höre! Soeben ging ich beim Schaufenster der Kunsthandlung Favart vorüber. Da fällt mein Blick auf eine Photographie — es war die von dem Mörder, welcher die 92jährige Frau gemordet und beraubt hat.

Margarethe. Der abscheuliche Mumienräuber.

Bruniquel. Wem, meinst Du, sieht das Bild ähnlich? Sprechend ähnlich? Corbinet! der ganze Corbinet — wie er leibt und lebt!

Margarethe. Merkwürdig!

Bruniquel. Du wirst mir zwar einwenden, man kann einem Mörder sehr ähnlich sehen und doch ein höchst anständiger Mensch sein! Stimmt! Aber wenn ich nun z. B. wie ein Raubmörder ausgesehen hätte, würdest Du mich zum Manne genommen haben? Gewiß nicht!

Margarethe. Das möchte ich nicht so fest behaupten!

Bruniquel. Ein Schwiegersohn mit einem Verbrecherkopf! Und in so einem Kopf schlummern immer böse Instinkte! Ich sage Dir — sie schlummern! Man braucht sie nur zu wecken! Wir haben doch nur die einzige Tochter! — Ja, wenn wir mehr hätten — na — dann könnte man ja eine riskiren —

Margarethe. Aber Nicolaus!

Bruniquel. Ich meine — natürlich nur wenn sie es durchaus verlangen würde!

(Toutain rasch b. d. Mitte.)

Zweite Scene.

Bruniquel, Margarethe, Toutain.

Toutain. Oh — meine Freunde — wenn Ihr wüßtet —

Bruniquel. Was denn?

Toutain. Eben machte ich eine kleine Promenade — nebenbei bemerkt, mein Unwohlsein von heute früh ist vorüber —

Bruniquel. Schön! Na — und?

Toutain. Wie ich also dahin schlendere, stoße ich plötzlich auf eine Volksversammlung — ich trete näher und wen sehe ich mitten drunter — rathe einmal?

Bruniquel. Den König von Siam!

Toutain. Deinen Sekretär Corbinet, den ein Polizist am Kragen hatte!

Bruniquel. (fröhlich.) Corbinet?

Margarethe. Nicht möglich!

Bruniquel. Corbinet arretirt!! (b. S.) Es giebt doch eine Gerechtigkeit! (laut zu Marg.) Nun, wie steh' ich da? Hab' ich ein ahnungsvolles Vaterherz? Toutain, ich danke Dir für diese Mittheilung! Sie hat mir wohlgethan!

Toutain. Wieso?

Bruniquel. Nein — du hast mir einen wahren Freundschaftsdienst erwiesen! Ich werde ihn Dir nie vergessen. (reibt sich die Hände.) Corbinet arretirt!!

Margarethe. Und weshalb hat man ihn festgenommen?

Toutain. Ich erkundigte mich. Er soll — zwei wehrlose Frauen thätlich bedroht haben!

Bruniquel. Da hast Du's! Die geweckten Instinkte! — Und gleich zwei auf einmal! Der reine Massenmörder! Willst Du ihm jetzt noch Deine Tochter zur Frau geben?

Margarethe. Der Unglückliche!

(Cäcilie von rechts hinten.)

<u>Als Manuscript gedruckt.</u>

Dritte Scene.

Vorige, Cäcilie.

Cäcilie. Mama, es ist 5 Uhr — wir müssen uns beeilen —

Bruniquel. Wir haben jetzt gerade Lust, an Besuche zu denken!

Cäcilie. Was ist denn geschehen?

Margarethe. Meine arme Cäcilie! (umarmt Cäcilie.)

Toutain. Theure Cäcilie! (umarmt Cäcilie).

Bruniquel. Meine gute Cäcilie! (umarmt Cäcilie).

Cäcilie. Aber was habt Ihr denn? (schreit auf.) Du lieber Gott! Muß Pathe Toutain — schon sterben?

Toutain. (ärgerlich.) Welch dummes Gewäsch —

Margarethe. Mein Kind — es handelt sich um Deine Verlobung — sie muß rückgängig gemacht werden — Du darfst an Herrn Corbinet nicht mehr denken!

Cäcilie. Wie? Liebt er eine Andere?

Margarethe. Er ist Deiner nicht würdig.

Bruniquel. Man hat ihn soeben arretirt.

Cäcilie. Arretirt?

Margarethe. Toutain hat es gesehen.

Toutain. Vor fünf Minuten — an der Straßenecke.

Cäcilie. Aber — warum? Was hat er denn verbrochen?

Bruniquel. Gar nicht zu sagen!

Margarethe. Eine fürchterliche That!

Cäcilie. Er? Das ist nicht wahr!

Bruniquel. Aber . . . .

Cäcilie. Nein, nein, das ist nicht wahr!

Bruniquel. Kind! Du weißt, in Frankreich wird Niemand ohne Grund arretirt!

Cäcilie. Und ich sage, Corbinet ist ein Ehrenmann! Der ist keiner Schändlichkeit fähig!

Bruniquel. So? Und ich sage Dir, er ist —

Cäcilie. Mein Bräutigam, Papa!

Bruniquel. Gewesen!

Cäcilie. Ich liebe ihn!

Bruniquel. Du wirst ihn vergessen!

Cäcilie. Niemals! (weint.)

Bruniquel. Schämst Du Dich nicht — einen Menschen zu lieben, der — der — oh — diese geweckten Instinkte! (b. S.) der ihren Vater seit heute früh maltraitirt! (laut) Da soll man Kinder haben (abgehend r. vorn). Ich gehe, bevor ich mich noch mehr aufrege.

Margarethe. Der Papa ist böse!

Cäcilie. Meinetwegen!

Margarethe. Sei vernünftig! Wir suchen Dir einen anderen braven Mann —

Cäcilie. Ich will aber keinen anderen braven Mann, ich will meinen Octave — ich liebe Octave — und ich habe geschworen —

Margarethe. Kind! Kind!

Cäcilie. Laß mich, Mama! (weint).

Margarethe. (zu Toutain) Lassen wir sie allein ihren Schmerz verwinden, mit der Zeit wird sie sich beruhigen; dann kann man mit ihr reden! (r. vorn ab).

Toutain. (b. S.) Ja, ja, der Liebe Leid und Lust! Armes Kind! (links vorn ab).

Cäcilie. Er sagte, er müsse sterben, wenn ich einem Anderen angehörte! Und er wäre ein Verbrecher? Unmöglich! Unmöglich!

(Corbinet durch die Mitte, gefolgt von Labermol).

Vierte Scene.

Corbinet. (ohne Cäcilie zu sehen). So! Vor Herrn Bruniquel werden Sie gleich erfahren, daß ich unschuldig bin!

Cäcilie. Er!! Unschuldig! Ich wußt' es ja!

Corbinet. Ah! Cäcilie!

Cäcilie. Octave!

Labermol. Wer ist das?

Corbinet. (mit Würde). Das, mein Herr, ist — Fräulein Cäcilie Bruniquel, die Tochter des Herrn Abgeordneten Bruniquel, meine Braut!

Labermol. Bedauernswerthes Mädchen!

Corbinet. Sie ist nicht zu bedauern! Cäcilie! Ich bin das Opfer einer abscheulichen Verdächtigung —

Als Manuscript gedruckt.

Cäcilie. Kein Wort weiter, Octave! Ich will nicht fragen, wessen man Sie anklagt. Sie sagen, daß Sie unschuldig sind, und das genügt mir.

Corbinet. (zu Labermol). Sie hören? .... Es genügt ihr.

Labermol. Leicht möglich! Ihr!

Corbinet. Ich bin so rein, wie — wie Joseph!

Labermol. Was für ein Joseph?

Corbinet. Von Frau Potiphar.

Labermol. Joseph Potiphar — auf unserem Polizeibureau nicht gemeldet.

Cäcilie. Und selbst wenn man Sie vor das Tribunal schleppte und Sie verurtheilte . . . . .

Labermol. Leicht möglich!

Cäcilie. Mir wäre es gleich! Und würden Sie 20, 30 Jahre eingesperrt —

Corbinet. Wie?

Labermol. Leicht möglich!

Cäcilie. Mir wäre es auch gleich!

Corbinet. Mir nicht!

Cäcilie. Ich werde Sie doch nicht vergessen — nie! Nie!

Labermol. (gerührt). Braves Mädchen!

Cäcilie. Ihre Cäcilie wird Sie erwarten, treu und ergeben; sie wird um Sie weinen, für Sie beten —

Labermol. (noch gerührter). Sehr braves Mädchen!

Cäcilie. Bis die Stunde Ihrer Befreiung schlägt oder bis sie an gebrochenem Herzen stirbt. Aber an Ihre Unschuld wird sie glauben, bis an ihre Todesstunde!

Labermol. (schluchzend, zieht sein blaues Sacktuch). Aeußerst braves Mädchen! Ach Gott, ach Gott, ach Gott! (wirft sein Kepi zur Erde).

Corbinet. (gerührt). Aber ich bin ja unschuldig, Geliebte! (zu Labermol) Herr Polizist! Können Sie glauben, daß ein Mann, der einem solchen Mädchen eine derartige Liebe einzuflößen —

Labermol. Nein! Ich glaub' es auch nicht! Ich kenne ja die Damen dort, welche die Fenster immer aufreißen! Ich eile in's Commissariat nebenan und hole mir weitere Verhaltungsbefehle. Fräulein Bruniquel! Sie haften mir einstweilen für ihn!

Cäcilie. Oh ich halte ihn fest!

Corbinet. Seien Sie überzeugt — ich werde keinen Fluchtversuch machen —

Labermol. Das hat mir zwar noch Jeder gesagt — ich bin gleich wieder da. Umarmen Sie sich noch geschwinde! (Octave küßt Cäcilie) Ja, das ist das Wahre! (b. S.) Der! die zwei dort? — (mit Bezug auf Angelina und Clemence) Unsinn! (ab b. d. M.)

Corbinet. Noch einen!

Cäcilie. Nein! Genug!

Corbinet. Ich habe so viel gelitten! (Umarmung
(Bruniquel v. r. vorn)

Fünfte Scene.

Bruniquel. (überrascht) Ah! Corbinet! Er ist entkommen!

Cäcilie. Papa!

Bruniquel. (streng) Auf Dein Zimmer, Cäcilie!

Cäcilie. Papa!

Bruniquel. Auf Dein Zimmer, sag' ich!

Cäcilie. Er ist unschuldig!

Bruniquel. Das wird sich finden! (führt Cäcilie zur Thr. r. v. Cäcilie ab.)

Corbinet. (b. S.) Nun wird's heiß!

Sechste Scene.

Bruniquel. In der That! Ihre Dreistigkeit ist groß, mein Herr!

Corbinet. Ich glaube nicht, daß viel Dreistigkeit dazu gehört, einen Mann aufzusuchen, dessen Sekretär ich bin oder eine junge Dame zu umarmen, die meine Braut ist!

Bruniquel. Braut! Sie irren sich — ich gebe meine Tochter keinem Arrestanten!

Corbinet. So? Und wessen Schuld ist es, wenn ich arretirt wurde?

Als Manuscript gedruckt.

Bruniquel. Mir ganz gleichgültig. (Nimmt Corbinet's Hut und giebt ihn ihm). Machen Sie eine Verbeugung!

Corbinet. Wie?

Bruniquel. Eine schöne Verbeugung!

Corbinet. Bitte! (verbeugt sich)

Bruniquel. (öffnet die Mittelthür weit) So! Und nun empfehlen Sie sich.

Corbinet. (gleichgiltig) Wie soll ich das verstehen?

Bruniquel. Ganz einfach! Hinaus!

Corbinet. (w. o.) Sie weisen mir die Thüre?

Bruniquel. Ja wohl! Wie Du mir, so ich Dir!

Corbinet. Nur mit dem kleinen Unterschiede, daß Sie gingen und ich — bleibe!

Bruniquel. (zornig) Hinaus!

Corbinet. Nehmen Sie sich in Acht! Der Bernhardiner kann auch beißen. (zeigt die bekannte Schrift) Sie kennen doch dies Papierchen?

Bruniquel. Das — ist — Erpressung! (sieht es starr an).

Corbinet. Nein — nur Hypnotisirung! (steckt es wieder ein) Ich habe versprochen, Sie von Angelina zu befreien, Sie wollten mir die Hand Ihrer Tochter gewähren. Ich habe mein Wort eingelöst, Sie wollen das Ihre brechen. Und nun möchten Sie mich auch noch hinausjagen?

Bruniquel. (b. S.) Er hat eigentlich recht! (laut) Was haben Sie denn nur Angelina gesagt, um sie so herumzukriegen?

Corbinet. Zwei Worte! Ich ließ sie glauben, daß ich reich sei und sie verarmt.

Bruniquel. Und das genügte?

Corbinet. Vollständig! Offenbar hat sie dann doch die Wahrheit erfahren und um sich zu rächen, mich verhaften lassen. Vorwand: Ich wäre ihr — wie soll ich gleich sagen — zu nahe getreten — was mir natürlich nicht im Traume eingefallen ist!

Bruniquel. Gut! nehmen wir an, Sie sind unschuldig! Indessen — nachdem was zwischen uns vorgefallen ist, können Sie doch keinesfalls mehr hier im Hause bleiben!

Corbinet. Will ich auch gar nicht. Gleich nach der Hochzeit reisen wir ab, Cäcilie und ich.

Bruniquel. Cäcilie? .... Cäcilie .... Aber begreifen Sie denn nicht — selbst wenn ich Ihnen meine Tochter noch geben wollte — so wird meine Frau nie einwilligen.

Corbinet. Das geht mich nichts an! Das müssen Sie mit Ihrer Frau ausmachen —

Siebente Scene.
Corbinet, Bruniquel, Toutain.

Toutain. (erstaunt) Herr Corbinet!?

Bruniquel. (Zornig auf Toutain losfahrend) Und wer ist schuld an Allem? Du! Du nur ganz allein!

Toutain. Ich? Woran?

Bruniquel. Mit Deiner Manie, Dich um Sachen zu kümmern, die Dich nichts angehen.

Toutain. Was hab' ich denn gethan?

Bruniquel. Warum hast Du uns erzählt, daß Corbinet arretirt ist?

Toutain. Weil ich's gesehen habe!

Bruniquel. Und das soll ein Grund sein, Du Provinzler? Als ob in Paris nicht alle Tage die feinsten Leute arretirt würden! Was weiter? Ueber kurz oder lang läßt man sie wieder laufen.

Toutain. (zu Corbinet) Sie sind also unschuldig?

Corbinet. Selbstverständlich!

Toutain. Gratulire!

Bruniquel. Aber meine Frau hält ihn für schuldig und ich sitze nun, Dank Deinem Geklatsche — in der Patsche!

Corbinet. Soll ich Ihrer Frau die Wahrheit gestehen?

Bruniquel. Was? Sie wollten ihr sagen, daß Sie mich aus den Händen Angelinens befreien wollten und dafür —

Corbinet. Sie werde ich nicht nennen, einen meiner alten Freunde!

Bruniquel. Das ist was Anderes! (auf Toutain zeigend) Toutain!

Corbinet. Sagen wir, Toutain.

Als Manuscript gedruckt.

Toutain. Ich danke!

Corbinet. Also irgend jemand! Auf diese Weise klärt sich Alles auf — —

Bruniquel. Auch recht. Wenn Sie meine Frau überzeugen, ohne mich zu compromittiren, ist Cäcilie die Ihre. Komm', ich höre meine Frau.

Toutain. Ich verstehe nur nicht —

Bruniquel. Ist auch überflüssig — Komm' nur!
(Beide ab links vorn).

Achte Scene.
Corbinet, Margarethe, dann Labermol.

Corbinet. Vorausgesetzt, daß sie mir glaubt, ohne an Ort und Stelle nachzufragen.

Margarethe. (von rechts hinten). Nicolaus! . . . Ah! Sie hier, mein Herr? Wie dürfen Sie — ein Uebelthäter —

Corbinet. Ein Unschuldiger, Madame! Ein neugeborenes Kind ist ein alter Sünder gegen mich!
(Labermol durch die Mitte).

Labermol. Hat nicht lang gedauert, wie? (grüßt) Oh Pardon, Madame!

Margarethe. Ein Polizist?

Corbinet. Was sagt der Commissar?

Labermol. Daß ich Sie unter der Bedingung einstweilen auf freiem Fuße belassen könne, wenn der Herr Abgeordnete Bruniquel, dessen Sekretär zu sein Sie vorgeben —

Corbinet. Bitte fragen Sie Madame Bruniquel!
(Labermol salutirt).

Margarethe. Er ist es!

Labermol. Wenn also Herr Bruniquel schriftlich erklärt, daß er Sie einer solchen That unfähig hält!

Corbinet. Diese Bestätigung sollen Sie sofort bekommen.

Margarethe. (zu Labermol) Aber wessen beschuldigt man eigentlich Herrn Corbinet?

Corbinet. Einer geradezu — lächerlichen —

Margarethe. Lassen Sie doch den Herrn erzählen.

Corbinet. Wie Sie wünschen!

Labermol. Also es war so gegen 4 Uhr — vielleicht ¼ nach 4 Uhr — oder 4 Uhr 25 — ich stehe auf meinem Posten, Rue Mogador — und denke an Nichts — wie gewöhnlich — da öffnet sich auf einmal in No. 39b ein Fenster in der III. Etage und ich sehe eine Frau, die sich herausstürzen will. „Wollen Sie gleich zurück!" rufe ich. Sie folgt augenblicklich und ich steige in den 3. Stock zu Fräulein Angelina Plantefol, die dort wohnt. Das war die Dame, welche sich selbst morden wollte, weil ihr Liebhaber sie zu verlassen drohte. Ich nehme mir also den Herrn, den sie „mein Nickelchen" nannte, vor —

Corbinet. (rasch) Namensnennung überflüssig.

Labermol. Das fand ich auch. Sie sagte aber immer „mein Nickelchen" zu ihm! Ich rede beiden Theilen vernünftig zu — wie das so vorgeschrieben ist — versöhne sie auch richtig — und trinke dann ein Glas Wein. Damit vergeht eine Viertelstunde. Wie ich wiederkomme, - total geänderte Situation. Angelina will vom Nickelchen nichts mehr wissen und das Nickelchen will von Angelina nicht lassen. Er wird an die Luft gesetzt, wie sich's gehört und ich beziehe wieder meinen Posten Rue Mogador. Es vergehen noch keine 10 Minuten — öffnet sich dasselbe Fenster wieder und Jemand ruft: „Zu Hilfe". Ich steige abermals hinauf — treffe diesen Herrn im Zimmer, der nach Angabe von Fräulein Angelina und ihrer Schwester, Madame Carlo, die Damen mit seiner Gegenwart belästigte und arretire ihn. —

Margarethe. Was hatten Sie da oben zu thun? Warum wurden Sie beschuldigt?

Corbinet. Aus Rache! Ich ging zu Angelina im Auftrage eines alten Freundes —

Labermol. Nickelchen!

Corbinet. Um eine Lösung seiner Verbindung mit ihr zu bewerkstelligen. Sie glaubte, daß ich sie liebe, und als ich sie schonungslos enttäuschte, wollte sie sich rächen.

Labermol. Sie kennen also dieses Nickelchen? Wer ist denn dieser Biedermann?

(Bruniquel von links vorn).

Als Manuscript gedruckt.

Neunte Scene.

Bruniquel. (b. S.) Muß doch sehen, wie weit sie sind.

Corbinet. (b. S.) Oh weh, oh weh!

Labermol. Nickelchen! Da ist er ja!

Bruniquel. (erschrocken). Labermol!

Margarethe. Wie? Er? Nickelchen? Nicolaus?

Corbinet. (leise zu Labermol) Schweigen Sie doch!

Labermol. Ja — treffe ich ihn denn überall?

Margarethe. Ah — das ist — entsetzlich! (fällt ohnmächtig in Labermols Arme).

Bruniquel. Margarethe!

Labermol. Aber — Madame! — Was ist denn? Kommen Sie zu sich! —

Bruniquel. Mörder!

Corbinet. Es ist seine Frau!

Labermol. Donnerwetter! Seine — Frau? — (Er läßt Margarethe vor Bestürzung aus den Armen, indem er sich zu Corbinet wendet. — Bruniquel und Corbinet, die sie fallen sehen, schreien auf. Labermol erwischt sie noch im Sinken).

Bruniquel. Was fang' ich jetzt an!

Labermol. Armes Geschöpf! — Bewußtlos! (küßt sie).

Bruniquel. Herr! Sie sind des Teufels! Ich verbiete Ihnen, meine Frau zu küssen!

Labermol. Ruhe! Alles Vorschrift! Wenn wir eine Dame unseres Stadtviertels ohnmächtig antreffen, dann, — sehen Sie, sie schlägt schon die Augen auf!

Margarethe. Wo bin ich?

Labermol. In den Armen Labermol's, Polizist Nr. 217.

Bruniquel. Margarethe!

Margarethe. Ah! Ich besinne mich! . . . . (zu Labermol) Himmel! wie Sie nach Schnaps riechen!

Labermol. Das sagen alle, und alle haben Recht!

Bruniquel. O, Du heiliges und himmlisches —

Margarethe. Elender!

Bruniquel. Ja, das bin ich!

Margarethe. (zu Labermol und Corbinet). Lassen Sie uns allein!

Labermol. Wenn ich gewußt haben würde, Madame —

Margarethe. Bitte, lassen Sie uns!

Corbinet. (zu Labermol) Kommen Sie!

Labermol. Und die schriftliche Erklärung?

Corbinet. Später! Später! hierher! (r. hinten ab).

Labermol. (b. S.) Und da fragen die Leute, warum man die Polizei nie sieht, wenn man sie braucht — (folgt Corbinet nach).

Zehnte Scene.

Bruniquel, Margarethe, dann Toutain und Charlotte.

Bruniquel. Margarethe!

Margarethe. Ich verbiete Ihnen, mich mit Vornamen zu nennen!

Bruniquel. Höre mich an!

Margarethe. Ich verbiete Ihnen mich zu dutzen!

Bruniquel. Ich weiß ja, daß ich schuldig bin —

Margarethe. Schweigen Sie! Seit wann kennen Sie diese — Dame? Seit wann?

Bruniquel. Seit einem Jahre!

Margarethe. Seit einem Jahre!! Also ein volles Jahr haben Sie mich belogen und betrogen! (Toutain l. vorn, einige Briefe in der Hand, im Begriffe aus zu gehen). Und ich, die ich Ihre Sittenstrenge nicht genug rühmen konnte, die Sie aller Welt als nachahmungswürdiges Beispiel aufstellte und Sie den Cato des 19. Jahrhunderts nannte! ... schon mehr Kater!

Toutain. (fröhlich) Ein netter Cato! Also haben sie ihn doch endlich einmal erwischt?

Margarethe. Wie?

Toutain. Immer habe ich mir gesagt: Unmöglich; Sie muß eines Tages hinter seine Schliche kommen — 21 Jahre lang hat er sich so durchgeschwindelt!

Margarethe. 21 Jahre!

Bruniquel. (b. S.) der Tölpel! (giebt Toutain Zeichen zu schweigen).

Margarethe. Einundzwanzig Jahre!

Als Manuscript gedruckt.

Toutain. Du kannst mir gut Zeichen geben! Ich hab Dir's immer gesagt, der Krug geht so lange zu Wasser —!

Bruniquel. (b. S.) Ich könnte ihn erwürgen!

Margarethe. Also unsere ganze Ehe — ah! (zu Toutain) und Sie wußten es, Sie wußten es, mein bester Freund und — schwiegen!

Toutain. Erlauben Sie!

Bruniquel. Recht hat sie!

Toutain. Wie?

Margarethe. Wozu dient die ganze Freundschaft, wenn sie einen nicht einmal warnt!

Bruniquel. Du bist ein falscher Freund!

Margarethe. Und Sie sind der Pathe meiner Tochter!

Bruniquel. Schmach und Schande! Statt mich auf den Pfad der Tugend zu lenken, mich zurückzuführen auf den Weg der Pflicht —

Toutain. Es wird ja immer besser!

Margarethe. Und Sie gaben vor, mich zu lieben!

Bruniquel. Heirathen hat er Dich sogar wollen!

Margarethe. Jetzt weiß ich wenigstens, was ich von Ihrer Freundschaft zu halten habe!

Bruniquel. Ja, jetzt wissen wir's! Pfui!

Toutain. (der seinen Grimm kaum bemeistern kann) Nun habe ich's aber satt! Ihr seid wohl Beide übergeschnappt! Ihr — aber ich will mich nicht aufregen — sonst möchte ich Euch anders antworten! Ich gehe zur Post — ruhig — (wüthend) aber satt habe ich's! Ich trübe kein Wässerchen und soll an Allem schuld sein — aber nein — ich gehe zur Post — ruhig — ganz ruhig! (stürzt wüthend durch die Mitte ab)

Bruniquel. Wenn ich dran denke, daß der Mensch Dich hat heirathen wollen!

Margarethe. Aerger wie Sie, hätte er mich auch nicht hintergehen können!

Bruniquel. Du kannst mich gar nicht so verachten, wie ich selbst es thue! Aber wenn Du wüßtest, was ich gelitten habe und wie ich kämpfte. Noch eben sagtest Du mir, Du seiest glücklich! Ich war es nicht! Ich fürchtete jeden Augenblick entdeckt zu werden und die Schwere meines Vergehens —

Margarethe. Phrasen verfangen nicht mehr! Ich lasse mich scheiden!

Bruniquel. Margarethe!

Margarethe. Einer von uns beiden hat Paris zu verlassen —

Bruniquel. Arme Frau! Wohin willst Du Deine Schritte lenken?

Margarethe. Ich bleibe in Paris. Sie können in der Provinz weiter kämpfen und leiden!

Bruniquel. (entschlossen) Du willst mir also nicht vergeben?

Margarethe. Nein!

Bruniquel. Nie?

Margarethe. Nein, niemals!

Bruniquel. Gut! (er läutet d. S.) Wenn's bei mir verfangen hat, wird's bei ihr wohl auch helfen! (laut) Du hast es gewollt! Verderben gehe Deinen Gang! (Charlotte d. d. M.)

Charlotte. Was befehlen?

Bruniquel. (seine Frau fixirend) Rasch in die Apotheke — für 2 Francs 50 Arsenik!

Charlotte. Sogleich! (ab d. d. M.)

Bruniquel. (bemerkt die Gleichgiltigkeit seiner Frau) So ruhig? Sie wird's nicht verstanden haben.

Margarethe. (b. S.) Hanswurst —

Bruniquel. Aus! Alles aus! Du liebst mich nicht mehr! So lebe wohl! Ewige Verdammniß nimm ich auf! Lebe wohl und sei glücklich! Leben ohne Dich — nein! (stürzt ans Fenster und öffnet es) Leb' wohl, Du heiliges Geschöpf! (b. S.) Sie rührt sich nicht! (hustet) hum! hum! Leb' wohl Du heiliges und . . . (b. S.) Schläft sie denn? (laut) Du weißt, wir wohnen im 4. Stock und ich will mich jetzt hinunterstürzen!

Margarethe. Nur zu!

Bruniquel. Du glaubst mir nicht? — Du sollst sehen! (er geht an's offene Fenster und macht langsam Vorbereitungen, als wollte er sich aus dem Fenster hinausstürzen).

Als Manuscript gedruckt.

Margarethe. (ärgig) Bitte das Fenster zu schließen! Es zieht!

Bruniquel. (schließt das Fenster) Ja wohl, es zieht! — Ich wollte mich tödten — aber ich habe nicht das Recht dazu, ich bin auf 4 Jahre gewählt und habe noch 2 1/2 Jahre das Mandat auszuüben! — Aber nach 2 1/2 Jahren!

Margarethe. (zuckt die Achsel) Komödiant!

Bruniquel. Ah! das ist stark! Du glaubst nicht, daß ich den Muth habe, mich zu tödten? Gut! Wenn Du mir binnen einer Viertelstunde nicht vergeben hast — verstehe wohl! Binnen einer Viertelstunde — so liegt mein toter Leichnam zerschmettert da unten! Ich schwöre es!

Mararethe. (kalt. Zieht ihre Uhr und sieht darauf.) Also abgemacht! In einer Viertelstunde!

Bruniquel. Es ist bitterer Ernst! Bin ich erst einmal draußen, kommt die Reue zu spät!

Margarethe. (w. v.) Es bleibt dabei! In einer Viertelstunde. (b. S.) Jetzt komme ich an die Reihe. (ab.)

Elfte Scene.

Bruniquel, dann Corbinet, Toulain, Charlotte.

Bruniquel. Ich hätte doch lieber eine halbe Stunde sagen sollen! Eine Viertelstunde ist verteufelt kurz. So schnell ist ihre Entrüstung nicht verraucht. (Corbinet v. hinten.) Ah, Corbinet! Haben Sie meine Frau gesehen?

Corbinet. (kühl.) Ja, sie hat mich von Allem unterrichtet! Es scheint also, daß Sie in 10 Minuten . . .

Bruniquel. Nicht wahr, das wäre Wahnsinn?

Corbinet. Kann ich nicht finden! Es ist die einzig richtige Lösung! Ueberdies, da es ihr und Ihnen so recht ist, hat ein Dritter da gar nicht hineinzureden!

Bruniquel. So! (b. S.) Ekelhafter Kerl!

Corbinet. Ich habe Sie nur um Eines zu bitten!

Bruniquel. Die Hand meiner Tochter?

Corbinet. Nein, dazu bedarf ich Ihrer Einwilligung nicht mehr, da ja doch (sieht auf die Uhr) in 9 Minuten — nein, was ich möchte, das ist ein Empfehlungsschreiben an Ihre Wähler.

Bruniquel. Sie wollen wohl Abgeordneter werden?

Corbinet. Ja, an Ihrer Stelle. (Tout. von hinten.)

Toutain. Was sagt mir Deine Frau? Punkt 6 Uhr willst Du Dich tödten?

Bruniquel. (energisch.) Jawohl!

Toutain. Willst Du meinen Rath?

Bruniquel. Oh ich kenn' ihn! Du willst sagen, ich soll's sein lassen?

Toutain. Im Gegentheil! Der Gedanke ist gut! Nicht aufgeben! Du sühnst mit Deinem Tode Dein verlottertes Leben!

Bruniquel. Meinst Du?

Toutain. Zweifellos! Und um Deine Wittwe brauchst Du Dir keine Sorge zu machen!

Bruniquel. (ironisch) Die möchtest Du wohl heirathen?

Toutain. Ja, das ist schon zwischen uns abgemacht!

Bruniquel. (w. o.) Es ist ja reizend! Der eine übernimmt mein Mandat, der andere meine Frau!

Corbinet. „Der Eine hat dieses, der Andere hat das". —

Toutain. „Ein Jeder hat etwas, ein Jeder hat was." Du kannst nun wenigstens ruhig sterben! Friede Deiner Asche.

Zwölfte Scene.

Vorige, Margarethe, dann Tabermol, Cäcilie, Charlotte.

Margarethe. Die Viertelstunde ist um! (Telephongeläute) (zu Corbinet.) Bitte hören Sie, Herr Corbinet!

Corbinet. (am Telephon) Hallo! Hier Privatsekretär Corbinet! (horcht.)

Margarethe. (zu Bruniquel.) Die Viertelstunde ist um!

Bruniqel. (auf das Telephon deutend.) Ich weiß! Ich möchte nur vorher noch erfahren. —

Corbinet. (am Telephon.) Ja! Bitte am Apparat zu bleiben! (zu Bruniquel.) Es ist Herr Duruflard.

Bruniquel. Der Präsident!

Corbinet. Er hat alle Portefeuilles vergeben, bis

Als Manuscript gedruckt.

auf das Ackerbauministerium, das keiner haben wollte. Er appellirt an Ihren Patriotismus!

Bruniquel. (mit Würde.) Patriotismus? — Ich nehme an!

Corbinet. (am Telephon.) Er nimmt an! (horcht.)

Margarethe. (entzückt). Minister! Endlich! Ich vergesse Alles!

Corbinet. (am Telephon). Gut! (zu Bruniquel.) Das Ministerium wird schutzzöllnerisch sein! Er bittet Sie, das Opfer ihrer Ueberzeugung zu bringen.

Bruniquel. Schutzzöllnerisch? Niemals! Ich bin Freihändler durch und durch!

Toutain. Alle Wetter!

Margarethe. Nicolaus!

Corbinet. (am Telephon). Er weigert sich! (horcht.)

Margarethe. Welch Unglück!

Toutain. Das nenne ich gesinnungstüchtig!

Corbinet. (zu Bruniquel). Er appellirt an Ihren Patriotismus.

Bruniquel. (mit Würde). Patriotismus?? — Ich nehme an!

Margarethe. Bravo!

Corbinet. (am Telephon). Er nimmt an! (horcht) Auch?

Bruniquel. Was denn noch?

Corbinet. Er sagt, das Ministerium würde die Einkommensteuer erhöhen und er hofft, daß Sie —

Bruniquel. (energisch). Unmöglich! Man hat mich gewählt, die Erhöhung zu bekämpfen. Nein!

Corbinet. (am Telephon). Er weigert sich! (horcht).

Bruniquel. Wie kann Duruflard das von mir verlangen! In allen meinen Proclamationen an meine Wähler —

Corbinet. (zu Bruniquel). Er appellirt an Ihren Patriotismus!

Bruniquel. (mit Würde). Patriotismus? Das ist etwas Anderes! Ich nehme an!

Corbinet. (am Telephon). Er nimmt an! (horcht). Ja wohl! Schluß! (verläßt das Telephon).

Bruniquel. Also Ackerbauminister!

Margarethe. Frau Ackerbauminister!

Bruniquel. Aber mit welchen Opfern!

Toutain. Sie werden Dir angerechnet werden!

Bruniquel. Glaubst Du?

Toutain. Mit 60000 Francs pro Jahr. (b. S.) Acht Tage lang!

Bruniquel. (b. S.) Jetzt ist die Reihe wieder an mir! (laut zu Margarethe). Siehst Du, Deine sehnlichsten Wünsche werden erfüllt!

Margarethe. Ach, mein Freund!

Bruniquel. Sie, lieber Schwiegersohn, werden Sectionschef!

Corbinet. Wie kann ich Ihnen —

Bruniquel. Und Du hast in acht Tagen Deinen Orden!

Toutain. Mein alter Freund!

Bruniquel. (schreit auf). Himmel! Ich vergaß! Es kann ja nicht sein, unmöglich!

Margarethe. Wie?

Bruniquel. Es ist 6 Uhr 5 Minuten, und Du hast mir noch nicht verziehen! Lebt wohl! (stürzt sich ans Fenster, Toutain und Margarethe halten ihn zurück).

Margarethe. Nicolaus!

Toutain. Freund!

Corbinet. Schwiegerpapa!

Margarethe. Aber ich verzeihe Dir ja!

Bruniquel. Zu spät! Laßt mich!

Corbinet. Ihre Uhr geht vor!

Toutain. Das kann Dein Ernst nicht sein!

Bruniquel. Nicht Ernst? Ich habe nur ein Ehrenwort!

Corbinet. Im Namen Ihrer Enkel, Großpapa!

(Alle knien mit aufgehobenen bittenden Händen um ihn. Labermol v. r. hinten).

Labermol. Was ist das denn wieder!

Margarethe. Helfen Sie! Er ist Minister geworden und will sich tödten.

Labermol. Ist er denn total verrückt?

Als Manuscript gedruckt.

Bruniquel. Und den hätte ich zum Brigadier ernannt!

Labermol. Brigadier? Das ist gar nicht verrückt! (kniet nieder).

Cäcilie. (v. r. vorn) Warum kniet ihr?

Margarethe. Denk an Deine Tochter! Beschwöre ihn, Kind! Er will sich tödten! (Cäcilie kniet nieder)

Charlotte. (b. d. M.) Madame haben gerufen? (b. S.) Wenn alle knieen — (kniet auch).

Bruniquel. Wohlan! Es sei! Aber Du wirfst mir nie die Vergangenheit vor?

Margarethe. Ich schwöre es!

Bruniquel. Gut! Steht auf! Ich bleibe euch erhalten!

(Alle stehen auf).

Ende.